Charles Nodier

Die Liebe und das Zauberbuch

Verone

Charles Nodier

Die Liebe und das Zauberbuch

1st Edition | ISBN: 978-9-92500-192-7

Place of Publication: Nikosia, Cyprus

Erscheinungsjahr: 2016

TP Verone Publishing House Ltd.

Reproduktion des Originals in Großdruckschrift.

Charles Nodier

Die Liebe und das Zauberbuch

Eine fantastische Geschichte

Seien Sie nicht zu sehr in Unruhe versetzt, meine geneigten, seelenvollen Zuhörerinnen, dass der Titel meines Geschichtchens brandstifterisch wirken könnte. Ich glaube, wie ich Ihnen gleich schwarz auf weiß zeigen darf, dass ich mich nicht verdammt zu fühlen brauche und dass es sich hier schlimmstenfalls um einen kleinen Gewissensfall handelt, dem jeder Dorfpfarrer ohne Weiteres seine Absolution erteilen würde; und damit wäre er auf gütliche Art wieder aus der Welt geschafft. Aber nun ja, man kommt schließlich immer mehr in die Jahre, und das geht rasch, wo unsereinen die Welt nicht mehr so recht amüsieren will. Und ich bin gar nicht so böse darüber, dass mein Herz nun frei ist vom letzten Gewissenszweifel.

Lassen Sie mich denn Ihnen hier beichten, dass ich zwei große, fast kindlich-töricht zu nennende Leidenschaften in meinem Leben hatte, die mich eigentlich nicht wieder losließen.

Die erste dieser beiden großen kindlichen Leidenschaften meines Lebens war die Lust, mich als Helden in einer ganz fantastischen Geschichte wiederzufinden – mit des Fortunatas Glückshütlein auf dem Kopf, in des Menschenfressers Stiefeln steckend – oder in aller Einfalt auf dem Goldenen Zweig zu hocken, Seite an Seite mit dem Blauen Vogel. Sie werden mir sagen, so ein Geschmack

1

sei kaum entschuldbar bei einem Manne, der für vernünftig gehalten werden will und sich wissenschaftlich hinreichend gründlich betätigt hat. Aber das war eben meine ›Manie‹. Die andere große kindliche Leidenschaft meines Lebens war der Ehrgeiz, ehe ich von der Welt gehe, noch so eine gute fantastische Geschichte zustande zu bringen, eine ganz extravagante und zugleich unschuldige – etwa im Geschmack der Mademoiselle de Lubert oder der Madame d'Aulnoy: Denn Monsieur Charles Perrault schien mir zu dick aufzutragen! Ja, und damit wollte ich wenigstens ein paar Generationen lang eine kleine Nachwelt ergötzen: all die munteren, pausbäckigen Wesen mit rosig glühenden Wangen und aufgewecktem Blick, die sich freudig und gern an mein Fabulieren erinnert fühlen, während der Stunden, in denen einen die Arbeit anödet und langweilt, oder auch in der köstlichen Zeit, in der man sich ganz dem süßen Nichtstun hingibt ...

Ha, und was hätte ich nicht alles dran gegeben für solch ein fantastisches Geschichtchen, vor allem als ich diese Welt, wie sie sich in ihrer wahren Natur enthüllt, kennenlernte, als mir die Erfahrung darüber die Augen öffnete und ich sie so richtig am eigenen Leibe zu spüren bekam –! Eine fantastische Geschichte, mein Gott, zehn Jahre meines Lebens hätte ich dafür gegeben: Das größte Aufsehen hätte ich gemacht von der Begegnung mit einem Luftgeist, einer Fee, einem Hexenmeister, mit einer Hellseherin, die wüsste, was sie sagte, oder einem Ideologen, der sich selbst begriffe. Oder wenn mir ein Gnom mit flammendem Haarschopf erschienen wäre, ein Gespenst, umwallt von seinem Schlafrock aus Nebeldunsten, ein Kobold, groß wie ein Nichts, ein Teufelszwerg, wie noch nie einer so schrumpfig kurz an Leib und so arm an Geist seit dem Teufel von Papefiguière seine Macht kleinlich ausgeübt hat an Schwachen ... Unmöglich, mein Herr Kritikus, wenn irgendetwas Fantastisches sich gerührt hätte, auch nur dreitausend Meilen in der Runde, dann wäre es für mich bemerkbar gewesen: aber nichts, einfach nichts war da!

Und ich weiß nicht, was wohl geschehen wäre mit meinem poetischen Glauben an diese wunderbare Welt, wenn ich nicht eines schönen Abends dem seltsamen Wunsche willfahrt hätte, von dem ich Ihnen schon einiges andeutete: dem eben, mich dem Teufel in die Arme zu geben! Ja, und das ist, offen gestanden, ein etwas harter Entschluss; aber er vereinfacht unser Problem auf die wundersamste Weise.

Zu der Zeit, von der ich Ihnen hier erzählen will, hätte es mich mächtig gewurmt und gestachelt, wenn ich nicht als das gegolten hätte, was man ›ein schlimmes Subjekt‹ nennt: einmal, weil das sozusagen eine Modeerscheinung war, und zum andern, weil es für unsereinen ein höchst vergnügliches Gefühl ist, so die Frauen zu beschäftigen, die sich bekanntlich immer gern mit solch ›schlimmen Subjekten‹ beschäftigen. Ich hatte mich also zu solch einem ›Schwerenöter‹ entwickelt und mir alle Lizenzen dazu herausgenommen, zum größten Leidwesen meines trefflichen Herrn Papas, der »sein teures Geld hergab«, damit meine Professoren aus mir einen ehrenwerteren Lizentiaten machten. Aber ich muss hier für meine Person gleich mitbemerken, um Ihnen gegenüber, meine schönen Zuhörerinnen, der Abneigung vorzubeugen, die sich für Sie unfehlbar verknüpft mit dem Ruf eines *Lovelace* oder gar eines *Chevalier de Faublas* – oh, von solcher Sorte war ich nicht! Kein Vergleich, behüte, wirklich! Sie würden in meiner ganzen Geschichte keine drei Seiten finden, die den Glücksneid Ihres Leib- und Kammerdieners erregen könnten, falls Sie einen haben, was ich Ihnen übrigens auch gar nicht wünschen möchte: Denn so einer verschlimmert nur noch die Umstände! Ich war einfach nur ein reichlich kecker Bursche, ohne dass es der Moral und dem Gefühl irgendwie schadete, ein kecker Bursche, der trotz allem zu respektieren wusste, was respektiert zu werden wünschte, der geflissentlich alles vermied, was die Wohlanständigkeit zur Entrüstung bringen könnte, einer der Eroberer auf gütlichem Wege, die nur dort ihre Handstreiche versuchen, wo der Gegner willfährig ist. Immerhin war ich doch bekannt dafür, dass ich ein ›schlechtes Subjekt‹ war, weil ich mich in aller Offenheit als solches zeigte, als ›notorischer Leichtfuß‹ und Verführer von allem, was verführt werden wollte, und ich machte mir eine Ehre daraus! Bis auf diesen offensichtlich moralischen Fehler kann ich kühnlich von mir sagen, huldigte wohl niemand strengeren Prinzipien über die guten Sitten als ich. Und wo immer ich mich zeigte, trug ich sie in solch fast pharisäerhaft mustergültigem Grade zur Schau, wie es – bei meinem sonstigen Liederjanswesen – in derartiger Mischung selbst zu meiner Zeit schier unglaublich war. Heutzutage würde man das Eklektizismus der Ausschweifung, systematisches Genießertum nennen – aber es lohnt nicht die Mühe, sich darüber aufzuhalten, weil

4

man so etwas nirgends mehr antrifft: Die Zeiten haben sich allzu sehr ins Miese verändert!

Um meine Philosophie begreiflich zu machen – denn es war eine Art Lebensphilosophie, wenn man will –, müsste man neben die theoretische Definition hier das praktische Beispiel setzen, und auch dann, fürchte ich noch immer, begriffe man mich nicht. Der Gedanke, auch nur einen Moment ein unschuldiges Herz, das sich mir aus Standes- und Gesetzesgründen verweigern müsste, in Verwirrung zu bringen, der Gedanke, durch sträfliche Zudringlichkeit auch nur im geringsten ein Band zu lockern, das Leben und Gesellschaft fest geknüpft haben, hätte genügt, mir wirklich den spürbarsten Vorgeschmack von den Leiden und Qualen der Hölle zu verschaffen. Ich hätte Clarens schon beim ersten bedeutsamen Lächeln einer Julie d'Etanges geflohen – aus Furcht vor ihren bitteren Küssen. Ich hätte meinen Mantel in den Händen der verführerischen Madame Potiphar gelassen, und wäre er so kostbar gewesen wie der Mantel des Elias, der prophetische Kräfte verlieh. Aber nichts in der Welt hätte mich darum davon abhalten können, mich an einer Frucht zu delektieren, die aus ihrer Blüte herangereift war und, verschmäht von der Hand ihres Gärtners, der sie pflücken sollte, mir zusank. – ›Meiner Treu‹, sagte ich mir, ›sie ist angenehm und süß, und ich genieße sie für mich, ohne einem andern Schaden zuzufügen.‹ So tat ich; und wenn sich von ungefähr der Herr und Meister dazu eingefunden hätte, dann konnte ich ihm auf seine Vorwürfe entgegnen: »Pardon, Meister, ich plündere nicht! Ich stopple nur ein wenig für mich auf abgelesenem Acker ...!«

Und diese Überzeugung hatte mir eine unschätzbare Sicherheit gegeben, die bekanntlich der höchste und beste Lohn der Tugend ist.

Das ist es, genau gesagt, weswegen ich damals ein ›schlechtes Subjekt‹ war, was mir einen solchen Ruf eingebracht hat und mich als einen wahren Prototyp, ein Musterbeispiel dieser Art gelten ließ.

Ich habe da eben derart schmeichelhafte Sachen von mir erzählt, dass mich die Scham anwandelt, noch weitere hinzuzufügen. Doch schulde ich das mir selbst, wie man zu sagen pflegt, schon um der Genauigkeit dieser Geschichte willen, die übrigens fast das Einzige ist, was ich in diesem Genre von wunderbaren Geschichten geschrieben habe: – ob sie als einzig wunderbar zu betrachten ist, das ist eine andere Sache, und das hängt ganz vom Geschmack ab. Das außergewöhnlichste Ergebnis, das mein System zeitigte, war, dass ich damit Schule machte unter den gediegensten und tüchtigsten jungen Leuten meines Alters, denen eine besondere Fähigkeit zur Vervollkommnung angeboren war. Ich hatte sie glücklich, durch solch beispielhaft leichtes ›Lasterleben‹, vom wirklichen Verbrechen abgebracht, in der Erwartung, dass meine vorgelebten Lehren bessere Früchte reifen ließen und sie völlig bekehrten. Zwanzig Jahre später waren Mustermänner aus ihnen geworden. Was sie in der Zwischenzeit erlebten, hat ihnen keineswegs geschadet; aber dass sie keinerlei Gewissensbisse zu fühlen brauchen, das haben sie vielleicht mir zu verdanken: dieses süße, köstliche, leichte und freie Gefühl für ihr Alter! Doch ich weiß nicht, wie es kam: Die Damen der besseren Gesellschaft fanden uns verabscheuenswürdig.

Der erste meiner jungen Adepten hieß Amandus. Er war sozusagen mein Adjutant, mein Ebenbild, mein *alter ego* in all den Herzensaffären, in denen das Herz nicht einzig im Spiele ist, die sich vertausendfachen durch den bloßen Willensakt und zur komplizierten Angelegenheit werden können, wenn die Höflichkeit auch nur die geringste Willfährigkeit nach sich zieht, kurz: solchen Affären amouröser Art, die selbst einen Pascha ohne Hilfskraft zwingen könnten, binnen acht Tagen kriegsmüde und abgekämpft die Waffen zu strecken. Und mein Amandus war in der Tat der vollendetste Liebling der Götter! Ein Bild von einem hübschen Burschen, mit seiner Haltung, seiner betäubenden Konversierkunst, seiner überwältigenden Selbstsicherheit! Er spielte alle Spiele mit einer tödlichen Unbeirrbarkeit und machte sein Jeu nie, ohne zu verlieren. Er stieg zu Pferde wie ein Gott und brach sich alle Monate irgendein Glied. Er zog vom Leder wie Sankt Georg und kam regelmäßig aus seinen Duellen mit einem Arm in der Binde. Er hatte ein recht nettes Vermögen geerbt und verstand es binnen sechs Monaten kleinzumachen bis auf den letzten Sou, was von ziemlichem Geist zeugt; und er fand Mittel und Wege, noch Schulden dazu zu machen, was noch mehr beweist. Mit einem Wort: Es gab nur einen Schrei der Bewunderung, wenn er einen Salon durchschritt – »charmant«! Er hatte wirklich keinen gewöhnlichen Menschenverstand, mein Amandus!

Seine ausgezeichnete Erziehung hatte eigentlich nur einen einzigen kleinen Schönheitsfehler, den allerdings gewisse erfahrene Sachkenner für »kapital« halten. Nun, auch die strahlendste Sonne hat Flecken! Sei es, dass ihm der Sinn dafür abging, sei es welch Vorurteil sonst immer: Amandus hatte sich nie dazu verstehen können, schreiben zu lernen. Ich neige zu der Annahme, er legte auf so etwas keinen Wert, weil er nicht die Notwendigkeit dazu fühlte – und hinter dieser Haltung steckt, meine ich, doch ein recht vernünftiger Gedanke. Das soll nicht heißen, dass Amandus etwa nicht hätte schreiben können, wenn er gewollt hätte; aber er hielt es für besser, überhaupt nicht erst anzufangen mit Schreiben. Das soll auch nicht heißen, dass Amandus nicht etwa seine eigene Schreibweise gehabt hätte, oh, weit gefehlt! Sie eignete ihm so sehr und so echt in allem und jedem, dass eigentlich niemand etwas daraus entnehmen konnte – ob man Anstoß nehmen konnte, das ist allerdings eine andere Sache ...

In den Gepflogenheiten, die gemeinhin im Schwange sind bei den Liebesaffären, von denen ich Ihnen hier schon erzählte, zog das bis jetzt zwar keine üblen Konsequenzen weiter nach sich. Die meisten unserer Heroinen konnten glücklicherweise nicht lesen; aber wenn sie hätten lesen können, wären sie in eine grausame Verwirrung geraten. Doch gab es auch Gelegenheiten, wo solche Schwierigkeiten offenkundig wurden: wenn sich Chancen seitens stadtbekannter galanter Schönheiten boten. Dann wurde ich zum unschätzbar wichtigen Helfer meines Freundes mit meiner trivialen Rechtschreibung, die ich so selbstherrlich wie er auszuschmücken für nicht recht am Platz hielt. Als einziger von den vielen Freunden unseres Amandus, der ihm, seit er sich ruiniert hatte, treu geblieben war, widmete ich mich, unverdrossen der Sache hingegeben, der Ausdeutung seiner Hieroglyphen, deren undurchdringliche Geheimnisse selbst noch den gelehrten Schatten eines Champollion hätten zum Zittern bringen können. Ich hatte eben mein Hebraicum hinter mir, so konnte ich mich nun ans Amandusische machen. Es gelang mir, so gut in seinen Geist einzudringen, dass ich nach Ablauf von drei, vier Monaten den Sinn des Textes ziemlich geläufig herauszulesen verstand. Und zu guter Letzt erkühnte ich mich sogar meine eigenen Gedanken an die Stelle zu setzen, wenn eine widerspenstige, schwer verständliche Textpassage meine Sachkenntnis irremachen wollte oder meine Geduld ermüdete. Die Übersetzer machen es gewöhnlich genauso, wenn sie ihren Autor nicht mehr verstehen. Der so von seinem grammatikalischen Luxus befreite Amandus kopierte, mir folgend, Wort um Wort und Buchstabe um Buchstabe, gleichwie der Homer der Anthologie es tat unter dem Diktate Apollos. Der Vergleich sucht etwas große Vorbilder, aber er ist in unserem Fall doch nicht ganz unangemessen. Die von mir daran gewendete Zeit, will ich gern gestehen, war auch nicht ganz verloren für meine eigenen Studien, denn ich übte mich selber dabei in der Kunst, manch ansprechenden Liebesbrief zu drechseln, ich, der ich mir bis dato doch geschworen hatte, nicht einen einzigen dieser Gattung zu konzipieren: Denn was geschrieben ist, bleibt geschrieben!

Wir suchten nicht das, was man die schlechte Gesellschaft nennt; aber die Natur unserer Neigungen zog uns selten zu der hin, die man als die bessere zu bezeichnen pflegt. Als Nomaden, die mitten durchs Leben schweiften, schlugen wir alle Abende unser Abenteurerzelt an dem Grenzsaum zwischen den beiden Welten auf, in denen wir uns gleichermaßen auskannten. Aus der einen, mit der uns Bande der Erziehung und Gewohnheit verknüpften, wechselten wir bei jeder sich bietenden Gelegenheit gern hinüber zur andern, wo bequemere Genießerfreuden lockten und uns gefahrlosere Eroberungen winkten. Wenn Sie, meine werten Zuhörerinnen, mit der Topografie dieser doppelten Hemisphäre nicht so recht vertraut sein sollten, dann ist es mir ein Vergnügen, Ihnen zu verraten, dass der Anziehungspunkt da zu suchen ist, wo das Theater steht, oder um die Örtlichkeit noch genauer zu beschreiben: dort, wo in den guten Provinzstädten sich die Bühnenlogen des ersten Ranges befinden. Kaum hatte sich da auf der anderen Seite der Vorhang gehoben, so suchte uns auch schon ein Dutzend schwarzer oder blauer Augen (ich spreche von den Ensembleszenen) mit ihren Blicken auf unserem Polstersitz und empfing uns mit köstlichen Vorwürfen oder verführerischen Versprechungen. Das flüchtige Blinzeln einer Schönheit, die hinter den Kulissen seufzte, ehe sie ihren Auftritt hatte, beäugelte uns verstohlen durch die grellbunten Draperien im Hintergrund und blitzte von frischem auf durch die klaffenden Ritze einer schlecht aufgestellten Kulisse zwischen zwei Rosenbüschen aus bemalter Leinwand. Und schließlich erschien sie auf der Szene und entfaltete alle schmelzenden Reize ihrer Nachtigallenkehle oder was an deren Stelle sonst zu denken Ihnen belieben mag. So kam sie hereingerauscht unter dem schmeichelhaft beifälligen Gemurmel eines Parketts, das nur für uns zu applaudieren schien, denn die Hälfte der Ovationen kam auf unser Konto.

Bisweilen, will mir scheinen, hatten wir auch an den Pfiffen unsern Anteil, nun ja, man muss sich eben den Umständen jeweils anzupassen verstehen. Ich bin mir sogar sicher, von uns beiden war ich der am stärksten Beteiligte bei den Reinfällen, denn mein lebhaftes, etwas voreiliges Temperament machte mich immer zu wagehalsig; aber wir teilten stets brüderlich, was uns zufiel, Amandus und ich, und sahen dabei nie so genau hin. Ich erinnere mich, ohne hier ausführlicher werden zu wollen, noch gut, dass mein böses Geschick gerade in jenem Monat meinem Herzen eine Dugazon auferlegt hatte, die von stattlicher Größe war – mit ihren rund einunddreiviertel Metern und einem ebenso ansehnlichen Embonpoint, das besser geformt schien für den übergoldeten Frack des Tambourmajors der Schweizer Garden als für das Mieder der Schäferin. Wenn sie ihre Babet spielte (du lieber Gott, und was für eine Babet!) und es sie ankam, mir dabei ein Feuerwerk verliebter Blicke zuzusprühen, während ihre molligen Patschhände in einem Körbchen voll scheußlicher künstlicher Blumen wühlten und sie mit einer Stimme, die zum Glück gelöster und leichter war als ihre formidable Leibesfülle, sang

»Für dich steck' ich sie mir ans Mieder ...!«

– oh! Sie können mir glauben, dann hätte ich den wohltätigen Dolchstoß gesegnet, der dazwischengefahren wäre und sich mir in die Brust gesenkt hätte. Aber was tun? Sie war ja eine der wesentlichsten Bedingungen meines Glückes, eine der unbestreitbarsten Schutzpatroninnen meiner Unschuld. Ich vergaß, noch zu sagen: Sie

11

war alles andere als eine gewöhnliche Schönheit, aber dafür schielte sie hinreißend schön.

Der andere Teil der Welt war für uns in den Logen, und das wird sehr klar, wenn man die Geneigtheit hat, weiter meiner Schilderung zu folgen. Wie gesagt: die Logen! Unsere Moralität verbot uns zwar, dahin zu schauen, aber nicht dahin zu blicken, nun ja, und hat man sich erst einmal mit seinen Blicken festgesogen an etwas, dessen Anblick einem wohlgefällt, dann schaut man schließlich doch richtig hin. Denn es gab da in einer der Logen in dem kleinen Theater in der kleinen Stadt ... nein, ich will mich lieber hüten, Ihnen genau zu sagen, in welcher Stadt es war, aber es steht Ihnen ja völlig frei, sie irgendwo im Westen zu suchen, also da gab es, sage ich, in der dritten Loge rechter Hand ein Engelsgesicht zu erblicken, von der Art, wie sie die Männer in die Verdammnis zu stürzen und die Heiligen zum Träumen zu bringen vermag. Ich kann es Ihnen nicht ausmalen, aber Sie können sich ja selber ein wundervolles Bild davon machen, wenn Sie Ihre Farbenpalette zur Hand haben. Zaubern Sie die Frische von sechzehn Lenzen und eines gertenschlanken Wuchses hin und vervollständigen Sie das Bild mit dem zarten und doch belebten Weiß der Haut, unter der, sie rosig färbend, gleich einem Lebenselixier das pulsende Blut durchschimmert, und mit dem Blond von Haarlocken, die wie goldener Sonnendust niederflocken auf Schultern, über die der Blick so verloren hinstreichelt, wie es die Hand gern täte ... Geben Sie dem Ganzen ich weiß nicht welch lichten Glanz eines Reinen und Himmlischen, das sich nicht beschreiben lässt, Züge und Formen, die den Schöpfer der Venus dazu gebracht hätten, sich mit seinem Meißel die Kehle durchzuschneiden, stellen Sie sich einen Blick dazu vor, so tief und so blau, der entzücken kann wie der Himmel und brennen wie die Sonne – und Sie haben damit ein freilich noch nicht einmal annähernd vollendetes Bild von den Vollkommenheiten Marguerites!

Marguerite hatte schon in den zartesten Jugendjahren ihren Vater und ihre Mutter verloren. Die arme Kleine sah sich mit ihren achtzigtausend Franken Erbschaft der Obhut einer mütterlichen Tante anheimgegeben, einer Dame im Witwenstand, die selber durchaus noch ihre eigenen verlockenden Reize zeigen konnte. Sie hatte gerade erst die Schwelle der Vierzig überschritten, und man hätte wirklich nicht von ihr sagen können, sie wäre bereits unempfindlich geworden den Seufzern gegenüber, die aus einem jugendlich enthusiasmierten Herzen kamen. Auch das meine hatte, gestehe ich, noch ein, zwei Jahre zuvor einmal, und zwar sehr lebhaft und sogar sehr sichtlich, Feuer gefangen (ich spreche noch immer von der Tante). Und das hat mich ich weiß nicht wie viele sterbenslange Stunden des Bangens und Hoffens gekostet. Aber zum Glück kam nichts weiter dabei heraus, denn diese Leidenschaft hatte mich gerade erst am Vorabend des Tages gepackt, des denkwürdigen Tages, von dem an ich einsah, es sei besser, platonisch zu lieben. Seit dem Tag hatte ich kaum ein einziges Mal mehr an sie gedacht, selbst nicht in jenen Momenten, wo sich unsere Seele zwischen Dämmern und Schlummern in ihren Wunschträumen wiegt. Und mein unfehlbares Gedächtnis, das sonst so treu den Namen der simpelsten Mücke und des kleinsten Falters bewahrt, hätte wahrscheinlich auch noch den Namen der Tante aus dem Sinn verloren, wenn – die Tante nicht eine Nichte gehabt hätte. Ich brauche wohl nicht hinzuzufügen, dass Alter und Unschuld dieses entzückenden Geschöpfs (jetzt handelt es sich um die Nichte) unüberschreitbare Grenzen zwischen uns, sie und mich, legten. Und was noch peinvoller war: die achtzigtausend Franken Leibrenten! Ich hatte kaum so viel Kapital auf der Passivseite!

»Du bleibst nicht bei unseren Abmachungen«, sagte eines schönen Tages Amandus zu mir, »du bist dauernd mit deinen Blicken bei den Logen!«

»Wie die ungetauft und ohne Segen gestorbenen Kinder aus dem Vorhimmel in den Himmel schauen«, gab ich ihm zurück, »und ohne doch für ihren Blick einen Gegenblick von da oben auf sich zu ziehen! Übrigens: Ich habe meine Gründe dazu, und ich mache auch kein Geheimnis daraus. Die Zeit schreitet unerbittlich über uns hinweg, während wir uns dem Wahn hingeben, wir könnten uns das holde Jetzt in ein paar Stunden toller Freuden ewig festhalten! Und so prachtvolle Burschen wir sind, wir riskieren doch stark, ebenso aus der Mode zu kommen wie die sieben alten Weisen aus Griechenland. Du immerhin hast noch die Aussicht, dein Leben ziemlich angenehm zu verplempern zwischen den liebenswerten Mußestunden der Faulheit und der galanten Übung in der Jagd auf den Fuchs in den Dickichten der Vulpinière, wofern dein Herr Oheim, durch eine untadeligere Führung deinerseits völlig entwaffnet, dir bei seinem Ableben, das nicht mehr allzu lange auf sich warten lässt, sein zerbröckelndes Ahnenschloss, seinen Taubenschlag und seine Hecken zu vermachen gedenkt. Ich

14

hingegen habe weder Onkel noch Ahnenschloss, noch die Hoffnung, Taubenschläge, Hecken oder Füchse mein eigen zu nennen. Ich muss mich schon glücklich schätzen, wenn meine Gläubiger sich mal redlich in meinen traurigen Nachlass teilen können und wenn ich ein Publikum finde, das nachsichtig genug ist, meine Romane zu lesen und vor allem – zu kaufen! Ich habe es also dringend nötig, mich erst mal gründlich von einer holden Erscheinung inspirieren zu lassen, die für immer in meinen Erinnerungen fortleben soll, meine Träume, Zärtlichkeiten, kurz: Alle meine Gedanken, auf eine anbetungswürdige Gestalt zu vereinen; und wenn sich unsere Blicke begegnen sollten, halte ich sie mir für immer fest ...«

»Die kleine Marguerite!« lächelte Amandus, während er seine Lorgnette aufklappte, und drehte sich mit seinem dreisten Blick dem göttlichen Gesicht zu, vor dem ich voll Bewunderung und Respekt mein Auge gesenkt hatte. »Sie ist wirklich wie ein Engelsbild! Ich danke dir, dass du mich auf sie aufmerksam gemacht hast. Sie hat so etwas an sich, wie du richtig bemerkt hast, was die Einbildungskraft zu erhöhn und zu steigern vermag und was doch das Herz zugleich ruhig macht – eine raffaeleske Lieblichkeit, findest du nicht auch? – Man fühlt sich reiner bei ihrem Anblick, man fühlt sich besser bei dem Gedanken an sie: hinreißend, dies Privileg der Unschuld! Wundersam, diese Sympathie der schönen Seelen! Ah ja, mein tugendsamer Freund, welche Perle, welches Juwel in einer Bude voll lumpiger Ladenmädel, in einem Haufen Modellpuppen! Und das blinde Geschick hat wieder mal alles verdorben, aber so ist es immer. Du musst doch hier gestehen: Das Schicksal ist von einer geradezu nicht mehr zu überbietenden Geschmacklosigkeit, dies köstliche Gesichtchen da in einen dunklen Kasten zu stopfen, statt es uns heute Abend zwischen zwei Bühnenlampen in der Seufzerkulisse zu zeigen!« Ich zitterte vor Entrüstung ... Die Seufzerkulisse war die vierte links.

»Na schön also, inspiriere dich!« spann Amandus seinen Faden weiter, wobei er seinen Kopf auf meine Schulter legte und es sich auf dem breiten Polstersitz bequem machte – zu meinem großen Entsetzen, denn Marguerite konnte uns sehen ... »Inspiriere dich doch an Marguerite, wenn dir das Spaß macht, denn ich brauche jetzt mehr denn je deine Inspirationen. Mach Romane, Maxime, mach Romane! Der meine ist, wenn mich nicht alles täuscht, der glücklichsten Lösung nahe. Mein Herr Onkel lässt es nicht an seinem Wohlwollen für mich fehlen; er ist, wie ich weiß, sehr geneigt, mir sein kleines Vermögen zuzusichern, und zwar von dem Tage ab, an dem ich meine erste kluge Tat vollführe und mich in allen Ehren verheirate ...!«

»Du dich in allen Ehren verheiraten!« platzte ich heraus. »Daran denkst du, Amandus? Du gedenkst, dich wirklich zu verehelichen?«

»Warum nicht?«, setzte er unter lautem Lachen fort. »Hältst du mich für unfähig, einen so ernsten Gedanken und festen Entschluss zu fassen? – Gott, o Gott, wie miserabel Aglaé heut' in Form ist! Unmöglich, wie sie sich zurechtgemacht hat! Das schlecht sitzende Schäferinnenmieder passt wieder mal so recht zu ihrer Elefantengrazie! – Schluss muss man machen, Maxime, mit Vernunft,

16

ernstlich, sehr ernstlich Schluss, wenn man kein Geld mehr hat. Das rät mir mein Onkel und der eigene Menschenverstand. Du, du weißt nicht, was gesunder Menschenverstand bedeutet; aber der wird dir schon noch kommen. – Da, was für falsche Töne die jetzt wieder herausbringt! – Lass doch schon deine Inspiration spielen, drechsle mir eine kleine Erklärung zurecht, die hübsch leidenschaftlich, hübsch ehrlich klingt – da, hör mal! – So muss es sein: ein ganz rückhaltlos offenes Eingeständnis meiner Schwächen, meiner Irrtümer, alles, was du willst, mir ganz egal. Mach es kurz oder lang, wie du kannst, oder noch kürzer: Wage alles! Du bist mein Gewissen, du kennst mein Herz, du weißt, was in meinem Innern an zärtlichen Gefühlen träumt, in dieser Freundesbrust, deren Herz gegen das deine schlägt! – Hast du da eben wieder bemerkt, wie besessen diese Laure dauernd herüberstiert! Sie lässt mich den ganzen Abend durch nicht aus ihren Blicken. Aber sie kann noch so schön ihre Lippen zusammenkneifen: Ihr fehlen doch zwei Zähne –!«

»Es wäre doch endlich am Platz«, nahm ich unseren Gesprächsfaden, ohne auf seine Abschweifungen zu achten, wieder auf, »wenn ich irgendeine blasse Idee von der Glücklichen bekäme, auf die deine Wahl gefallen ist, damit ich nach deinen näheren Angaben den Briefwechsel stilgerecht einrichten kann. *Est modus in rebus; sunt certi denique fines.* – Also ich errate wirklich nicht ...« »Da ist doch weder *Finess'* noch ein *Rebus* dabei, Maxime! Und wenn du errietest, so wüsstest du wahrhaftig mehr als ich über die Zukunft, in die ich mich jetzt Hals über Kopf hineinstürzen will, um mich aus der Gegenwart zu retten. Wenn du errietest, dann möchte ich dich doch bitten, mir zu sagen, an wen ich denke und welches der holde Gegenstand ist, mit dem mich meine erste vernünftige Liebe verbindet. Aber, bei allen Teufeln, ich verlange ja gar nicht von dir, dass du es errätst! Ich bitte dich lediglich, mir einen fein gedrechselten, briefstellermäßigen, für alle Gelegenheiten passenden Schrieb aufzusetzen, so im Stile des ›Telemach‹ oder der ›Prinzessin von Cleve‹, womit man sich bei der Welt überall gut einführen kann – eine Art Pass in Epistelform, der einem alle Türen öffnet, eine deiner Inspiration entspringende Gewinnnummer, mit der ich mein Glück in dem Heiratslotteriespiel versuchen will. Sprich darin von Engelsreine, von Tugend, von Himmelsschönheit, aber leg dich nicht in der Haarfarbe fest, denn das könnte uns wieder in einigen Misskredit bringen. Ich will dann das Ganze noch einmal exakt kopieren. Die Post und mein Hoffnungsstern werden das Weitere besorgen. Und mein würdiger Herr Onkel, der partout will, dass ich eine Frau nehme, wird mir nichts mehr vorzurücken haben, wenn ich ihm schwarz auf weiß zeigen kann, dass ich von fünfzig – einen Korb bekommen habe! – Oder aber: Es werden womöglich doch eine, zwei, ein ganzes Dutzend, was weiß ich wie viel, zum Stelldichein kommen ... und dann kannst du gleich nach mir deine Wahl treffen, und vielleicht besser als ich – denn du hast eine so glückliche Hand ...!«

Der Heimtücker! Ach ja, Aglaé, sie sang noch immer ...

»Ich! Lass deine Scherze da!« bedeutete ich ihm gereizt, »ich habe keine Domäne in Aussicht, wo ich Füchse fangen kann wie du auf deiner Vulpiniére!«

»Was denn, diese schwache Hoffnung könnte dein Herz bewegen ...?! Gut, va banque: alles gesetzt gegen dein Pferd oder gegen deine Aglaé, der erste Pasch gilt!«

»Mein Pferd hab' ich gestern versilbert; Aglaé kannst du heut' Abend schon haben, wenn du willst – von mir aus! Und was deinen Brief betrifft, den will ich dir machen, wenn ich dran denke ...!«

Die Korrespondenz ließ sich besser an, als man dachte. Denn zu meiner großen Überraschung, und zweifellos auch der von Amandus, kam er in seiner Unternehmungslust wohl tatsächlich auf seine Kosten. Ich schloss immerhin auf entsprechende Erfolge schon allein daraus, dass er mich immer stärker antrieb; im Übrigen war er zurückhaltender geworden, und ich bin nie neugierig gewesen. Als eines schönen Tages sogar von »vornehmen Verwandten« die Rede war, fiel ich fast aus allen Wolken. Die Schwierigkeiten sollten nur noch von ihnen herkommen, und ich verlor mich in die Vorstellung, er habe wirklich eine gefunden, die durch nichts davon abzuschrecken war, ernstlich an Amandus und seine unglaublichen Schwüre zu glauben.

Wir gingen noch ins Theater, aber sehr viel seltener, vor allem Amandus, der immer merklicher, seinem Vorsatz gemäß, dazu überging, ein gewisses sehr respektables Selbstgefühl zu wahren. Ich selber war, wie man weiß, unglücklich in andere zarte Bande verstrickt. Meine kolossale Schäferin hatte die Bretter, die die Welt bedeuten, noch nicht entzweigetrampelt, und ansonsten hatte sich kein anderer Mann gefunden, der kühn genug gewesen wäre, mich bei ihr auszustechen, obschon gerade, das prachtvollste Übungswetter für die Kavallerie

war. Ich fühlte geradezu eine Begeisterung in mir auflo-
dern, als ein ganzes Regiment Dragoner herannahte –
mit blitzenden Epauletten, staub- und ruhmbedeckt-,
deren Rosse unter ihrem Fenster das Pflaster stampften.
Vergebliches Hoffen! – Hinter ihnen Husaren! Ha, und
auch diese vergnüglichen bunten Falter des Krieges, die
überall herumschwärmen und ihre Beute machen, dach-
ten nicht daran, im Vorüberfluge Aglaés Blütenreize
auch nur zu streifen. Ebenso nutzlos rechnete ich auf
den erprobten Mannesmut der Kürassiere. Aglaé be-
wahrte mir in dieser langen Prüfungszeit alle Ehren ihrer heiter und wolkenlos lächelnden Treue, und sie
wusste natürlich alle daraus sich ergebenden Rechte für
sich bei mir geltend zu machen. Sie war unwidersteh-
lich, diese Frau: die Beständigkeit in Person, und wenn
unsereiner daran kaputtgegangen wäre! Die Tüchtigkeit
und weibliche Ausdauer, die sie dabei an den Tag legte,
gehört wohl mit zum Unangenehmsten, was mir in meinen Liebeserlebnissen widerfahren ist; und mehr als
einmal gab sie mir die größte Lust ein, mir eine Kugel
vor den Kopf zu schießen.

Ich suchte verzweifelt nach dem erstbesten Vorwand,
mich auf Nimmerwiedersehen aus dieser Welt zu retten.
Und siehe da, es sollte der reinste meiner moralischen
Gedanken sein, der ihn mir lieferte, und noch dazu in
einem Moment, wo ich darauf am wenigsten gefasst
war. Ich hatte schon seit einiger Zeit das deutliche Gefühl, dass Marguerite uns beiden, Amandus und mir,
mehr Aufmerksamkeit schenkte, als ich wirklich gewollt
hätte. Diese Beobachtung nahm von Mal zu Mal für
mich etwas geradezu Beunruhigendes an. Ich sah darin

den Ausdruck eines liebevollen Interesses, einer träume-
rischen Empfänglichkeit, was weiß ich welch idealer,
versonnener, kaum bewusster Zärtlichkeit, die auf der
schamhaften Stirn eines jungen Mädchens eine erste
heimliche Neigung, die aufblühen will, ankündigt. – ›O
Unglück und Enttäuschung!‹, dachte ich bei mir selbst,
›armes, holdseliges Kind, solltest du durch deinen bösen
Unstern wahrhaftig dazu gebracht werden, deine Liebe
an einen von uns zweien zu verschwenden? Ah, dann
will ich wenigstens nicht mitschuldig an deinem Schicksal sein! Die Zeit der Prüfungen naht, und ich habe meine Nase noch nicht in ein einziges Buch gesteckt, um
mich vorzubereiten. Wohlan, ich verzichte um der ernstlichen Arbeit willen auf alle diese flüchtigen Gaukelspie-
le des Lebens, die man Wonnen der Verliebtheit nennt.
Ich werde, wenn es sein muss, alle zehn Bände des Jacobus Cujacius in der Ausgabe von Annibal Fabroti *cum
promptuariis* durchbüffeln, ich werde sie durchochsen
(horresco referens), ehe ich mich wieder mit einer Frau be-
schäftige, so wahr der Schatten des Justinian mein Zeuge
sein soll!‹ – Damit verschwand ich aus dem Zuschauer-
raum des Theaters und eilte in meine Studentenbude,
um Aglaé endgültig meinen Abschied zu geben – durch
die Post. Ich brauche Ihnen nicht erst noch bildlich zu
schildern, von welch schwerer Last mich dieser Entschluss befreite.

Völlig überzeugend muss wahrscheinlich das Verspre-
chen gewirkt haben, das ich am andern Tag meinem
Herrn Papa wegen meines neuen Lebensplanes machte,
denn er stellte mir, als Anerkennung für die Opfer, die
ich brachte, von sich aus sofort seine gesamte Bibliothek

zur Verfügung, nebst dem hübschen Gartenhäuschen, das sie in sich barg. Das waren die beiden Dinge, die er, nächst meiner Person, am meisten liebte. Dort verbrachte ich nun meinen Tag, indem ich zusammenstellte, was mir für meine Studien irgend dienlich schien oder mein freiwilliges Exil sonst irgendwie verschönte. Und ich fühlte an der eigenen Genugtuung, die ich über diese angenehmen Beschäftigungen empfand, dass das Glück mehr als nur *eine* Seite für uns hat. Was sage ich! Das reine Glück einer mit sich selbst zufriedenen Seele triumphiert, durch seine Dauer wie durch seinen Gegenstand, über die Glückseligkeiten, die wir uns nur vormachen und einbilden. Ich war glücklich bis zum Abend: So etwas war mir noch nie vorgekommen!

Als der Abend da war, überkam mich ein Gähnen. Innerhalb von zehn Minuten schaute ich wohl zwanzigmal auf meine Uhr. Er verfolgte mich bis hierher noch, der erste Bogenstrich im Orchester. Das fast ebenso misstönige Knarren und Quietschen der auf und zu gehenden Logentüren hallte mir in den Ohren wider ... Meine Nüstern verlangte es in der ach zu reinen Luft vergebens nach dem dick geschwängerten Arom, in das sich der Dunst qualmiger Lampen zu den schweren Parfümwolken betäubend mischt. Ich suchte den köstlichen Blick Marguerites an der Attika entlang, an den Wandvertäfelungen ... Von allen Borden meiner Bibliothek wünschte ich ihn mir herbei, und meine Augen trafen auf nichts als – immer wieder auf den Jacobus Cujacius in der vielbändigen Reihe des Annibal Fabroti.

»Es könnte mich doch reizen«, seufzte ich vor mich hin, »zu wissen, ob ihre Blicke ihm galten – oder mir ...! Aber da er ja heute Morgen die Eilkutsche genommen hat, muss er wohl auf die Reise gegangen sein! Eine bessere Gelegenheit, meine letzten Zweifel aufzuhellen, wird sich so nie mehr bieten. Damit werde ich mir die sicherste Gewissheit verschaffen und, wie auch die Probe auslaufen mag, in meinen vernünftigen Plänen und Vorsätzen vielleicht nur umso mehr bestärkt werden. Morgen geh' ich ernstlich an die Arbeit!« Und wirklich, diesmal täuschte ich mich nicht – ich erkläre Ihnen mit allem Selbstgefühl, das der unverhoffteste Glücksfall der Liebe einem jungen Fant wie mir einflößen kann: Diese Blicke, sie galten mir, mir allein! – Sie werden mir einwerfen: Nun ja, du warst eben mal ganz allein da und, gleich jenem wundersamen Mineral, jenem runden Etwas, dessen in das Licht verliebte Poren noch lange nach dem Untergang der Sonne den Glanz mit ein paar blassen Atomen widerschimmern, warst du vielleicht für Marguerite nur der ›Bologneser Leuchtstein‹ des Sonnenjünglings Amandus...! Doch diese Idee kam mir gar nicht, wahrhaftig nicht; und übrigens: wenn ich mich da recht auskenne (und welcher Mann glaubt sich da nicht auszukennen?!), prägte sich in dem ausdrucksvollen, bedeutsamen Blick dieses himmlischen Gesichtes, in all seinen sinnigen Zügen ein Gedanke aus, der sich nur auf mich beziehen konnte und der nur auf eine Erwiderung von mir wartete. Ich suchte zitternd zu begreifen, ich wappnete mich mit heroischem Mute und – wankte, den Tod im Herzen, hinweg, unter dem Übermaß solchen Glücks!

»Nein, nein, Marguerite! Nie möchte ich mir die Macht anmaßen, mit Gewalt in das Heiligtum deiner unschuldigen Seele einzudringen, um in ihr eine Leidenschaft zu entfachen oder auch nur zu schüren, eine Leidenschaft, die uns beide vernichten würde! Nein, nie möchte ich es wagen, dein so frisches und zartes Leben in die unfruchtbar-öde Wüste meines Daseins zu verpflanzen! Und dennoch: welcher andere noch als ich könnte dich lieben, wie du verdienst, geliebt zu werden ... Ich wollte der Altarschemel deiner Füße sein, die Harfe deiner Seufzer, das Behältnis deiner Düfte und Wohlgerüche! Wie Weihrauch hätte ich vor dir gebrannt! Hingeschmolzen wäre ich vor einem Strahl deines Blickes wie ein Tautropfen in den Feuern des Mittags! Oh, ich glaube, ich hätte die Schnüre deines jungfräulichen Mieders nicht aufnesteln können mit meinen Manneshänden! Ich hätte mich erst am Krater eines glühenden Vulkans gereinigt und geläutert, ehe ich gewagt hätte, mich dir zu nahen, und meine Lippen hätten sich nur durch einen Schleier auf deinen Busen gedrückt, aus Furcht, ihn zu entweihen ... Aber du bist von Reichtümern umgeben, Marguerite, und keine Tat ist ausdenkbar, die durch ihr Geschehen dich gänzlich von so vielen unnützen Gütern lösen könnte, auf dass du dich so glückselig arm fühlen könntest wie ich! Ach, und dann ständest du doch noch weit über meinem Los, du, eines Königs würdig ...! Nein, nie, Marguerite, nie werde ich dich wiedersehen – es sei denn, der Teufel mische sich selbst ins Spiel!«

Mit diesem poetischen Erguss, dessen vielleicht etwas zu trivialer Ausklang den Anfang ein wenig misstönig macht, fiel ich niedergeschmettert in meinen Lehnsessel, der zum Glück weich, elastisch und tief war ... Dine erschien und zündete auf meinem Schreibtisch drei Kerzen an. Dieser meinen Nächten bisher ungewohnte Luxus war mir ein neuer Beweis der Genugtuung, die mir meine Familie über meinen Entschluss zum Ausdruck brachte; und so blieb ich in der Einsamkeit meiner Studierstube mit mir allein.

Ich beugte mich einen Augenblick über meinen offenen Balkon hinaus. Der Himmel war durchsichtig wie ein See, von Schimmer übertaut wie eine Wiese. Man vernahm kaum den Hauch des Windes, der leicht in den Zweigen meiner jungen Gartenbäume spielte. Mir schien, er striche nur durch sie her, um mir ihre süßen Blütendüfte mitzubringen. Die Nachtigall sang in der Ferne. Weich schwirrten Nachtfalter unter den Blättern umher. Eine herrliche Stunde war es, wie geschaffen für eine andere Liebe als die, welche ich einsam für mich hegte. Über mir wölbte sich ein wunderbarer Sternenhimmel, in dessen unzählige Welten ich mich am liebsten mit der rasenden Eile der Sternschnuppen, die sich in ihren Bahnen von überallher kreuzten, hineinverloren hätte und dessen Tiefe meine Seele doch ebenso wenig wie meine Augen ganz durchdringen konnte. Ich schloss meine Fenster und riss mich wahrhaft los von diesen Unermesslichkeiten, die meine Sinne immer wieder zu sich hinziehen wollten. Dann suchte ich meinen Platz wieder auf, in der Absicht, mich nun endlich ernsthaft an meine Arbeit zu setzen, mit einem letzten Seufzer der Befriedigung über die wundervolle Ordnung in meinem Studierkabinett. Seine Beschreibung ist hier nicht minder notwendig am Orte wie für die »Aeneis« des Virgil eine Landkarte Latiums.

Also: mein Herr Papa hatte in seinen glücklichsten Zeiten diesen Pavillon erbauen lassen, zwischen seinem Hof und seinem Garten, oberhalb eines alleeartigen Zufahrtsweges, der bequem in seinen geräumigen, breiten Flanken das Kabriolett hätte aufnehmen können, das ich nie besaß. Der ganze Bau bestand nur aus einem lang gestreckten Raume in Parallelogrammform, der von Ost und West durch Spitzbogenfenster Licht bekam und sich nach Süden auf einen nicht sehr ausgedehnten, aber in seiner Anlage gut gestalteten Garten hin öffnete. Das war der einzige Zugang, von dem man in mein Zimmer gelangen konnte, sei es vom Hof oder sei es vom Garten her, was übrigens nicht schwierig war, denn die enge Umfriedigung stand auf allen Seiten durch stets offene Tore und Pforten mit den Grundstücken unserer Nachbarn in Verbindung. Das war bis dato, gleichsam wie die antike Wandelstätte des Akademos und seiner Freunde, der philosophische Treffpunkt der würdigen alten Herren, die sich hier seit ihren Jugendjahren ihr Stelldichein zu geben gewohnt waren. Die doppelte, geschwungene Freitreppe, die zu meinem offenen Balkon heraufführte, hatte nicht mehr als sechs Stufen: Sie erhob sich von einer Vorterrasse. Die dem Eingang gegenüberliegende Schmalseite des Raumes wurde von meinem Bett eingenommen, der bescheidenen Ruhestatt des Studenten, um die sich glockenförmig der lang wallende, gefältelte weiße Vorhang bauschte. Er war von einem goldenen Haltepfeil durchbohrt. Die übrigen Wände boten dem Auge nichts als den Anblick vieler Rücken – von alten Scharteken. Mein ebenso altersgeschwärzter Tisch, in seiner Form das verkleinerte architektonische Ebenbild

meiner mich noch heute in der Erinnerung entzückenden Einhäusigkeit, bildete den recht kompakten Mittel-
punkt des Ganzen. Immerhin blieb mir selber durchaus
noch so viel Raum, um bequem um ihn herumspazieren
zu können und seine vier Flächen in vierundzwanzig bis
fünfundzwanzig Schritten abzumessen, in einem Zeit-
maß, das sich, von Runde zu Runde, nach Belieben be-
schleunigen oder verlangsamen ließ – je nachdem, welche Gefühle oder Gedanken den Spaziergänger beweg-
ten. Und ich machte in jenen Stunden manche Runde!

Wie gesagt, und dann suchte ich also meinen Platz
wieder auf. Nachlässig langte ich mit meiner Hand hinter mich zum Bücherbord, an das mein Sessel sich lehn-
te, in der besten Absicht, mir den ersten Band der schönen »Abhandlung über den Zivilprozess« von Robert-
Joseph Pothier hervorzuholen ... Und siehe da, was hatte
ich vor meinen Augen: »Die Geschichte der Geisterer-
scheinungen« von Dom Calmet, die, wie aller Welt bekannt sein dürfte, eine der amüsantesten Sammlungen
infernalischer Fazetien ist, die man sich zur Lektüre greifen kann. Der Titel war kurios. Sechsmal wendete ich die
Seite hin und her. ›Welch komische Welt‹, dachte ich so
bei mir, ›dass ein dermaßen gelehrter Geist sich allen
Ernstes, gleichsam mit verhängten Zügeln, hineinver-
rennen kann in solche Altweibergeschichten – wie eine
alte Dorfhexe, die Gespenster und Dämonen gesehen
haben will, wenn sie ihr dürres Laub und ihr Besenreisig
in ihrer Waldlichtung sammelt. Wahrhaftig, ich wollte,
der Teufel erschiene mir selber! Ha, es liegt ja nur bei
mir, ihn zu beschwören! Ich habe sie ja hier, zum Greifen
nahe, die Bücher der Magie: den »Schlüssel Salomonis«

und das »Enchiridion des Papstes Leonis«, in authentischer Abschrift, als kostbare Hinterlassenschaft von einem Dominikanerpater aus unserer Familie, der sich wohl an die tausend Mal dieses Zauberbuches bediente, um die Besessenen zu heilen. Eine Unterhaltung mit dem Teufel, in eigener Person natürlich, müsste doch mindestens so amüsant und so lehrreich sein, wenn ich mich nicht täusche, wie die mit Monsieur Pothier und Magister Cujacius zusammen! Und wenn es auch ein wenig schwierig sein sollte, ihn zu dieser Gunst und Audienz zu bewegen, wie sie ja schon ein Agrippa und ein Cardan etwas teuer bezahlen mussten, so verdient sie doch zumindest versucht zu werden – von einem entschlossenen Geist!‹

In der Tat, das hing nur von einem simplen Akt meines Willens ab: Denn ich hatte zwischen meinem Schreibzeug und dem Sandstreufässchen just dieses böse Zauberbuch vor meinen Augen. Weiß der Teufel, wie es gerade hierher gelegt worden war!

Ich streckte meine zitternden Finger darauf, als könnte schon durch die bloße Berührung von dem arg zerlesenen Pergamente all seine höllische Magie in meine Sinne überflammen ... Es fühlte sich nur kalt, schmierig und abgegriffen an. Ich klappte das achtmal gefaltete Blatt vollends auseinander: Nicht der geringste Dunsthauch von Schwefel oder brennendem Pech schlug mir entgegen! Die Erde erbebte nicht. Ruhig und licht brannten die Flammen meiner Kerzen weiter an ihren bläulichen Dochten. Unbewegt dämmerten meine Wälzer weiter bin in guter Ruh unter den sinnreichen Netzgewirken ihrer bibliophilen Spinnen ... Ich erkühnte mich über meinem Pergamente. Ich suchte in seinen Geist einzudringen. Mit lauter Stimme deklamierte ich, belebt von dem Geiste Pythons, die feierlichsten Beschwörungsformeln in die Luft, bis meine unschuldigen Scheiben davon erzitterten, wie sie noch nie unter dergleichen Worten erzittert waren ... Aber das war wohl ein anderes Zauberbuch, als ich mir gedacht hatte. Noch keine zwölf Zeilen hatte ich auf diesem unheimlichen Pergamente durchflogen, da – fand ich mich schon festgehalten: von unenträtselbaren, wahrhaft diabolischen Zeichen, undurchdringlichen Symbolen, noch niemals in einem Alphabet auf Erden benannten Lettern, die mir das Wort abschnitten!

Jeder andere als ich hätte den Mut beim Anblick dieser heterokliten Monogramme verloren, dieser Hieroglyphen aus einer anderen Welt, die, alles in allem besehen, am Ende vielleicht wohl nur der Laune eines Scharlatans von Kopisten entsprungen sein konnten. Waghalsig, aber zu allem entschlossen, pflanzte ich mich zu voller Größe auf zwischen meinen Kerzen und rief mit energischer Stimme: »Kommt herbei, heiliger, leichtgläubiger Sperberus, gelahrter Khunrath, unsterblicher Knorr von Rosenroth! Und auch du, guter Gabriel de Collange, der du zu deinen Zeiten dein Leben so würdig nutztest und dich zum unentzifferbaren Übersetzer des unentzifferbaren Trithemius machtest! Herbei, und entschleiert mir diese Mysterien, vor denen die Ignoranz nur zurückschreckt ...!«

Der Teufel selber bemühte sich nach wie vor nicht her: Denn ich muss für Sie, meine schönen Leserinnen, hier zur Beruhigung anmerken, es waren keineswegs die

Namen von Dämonen, welche ich da eben aussprach, sondern ganz einfach die biederen, ehrsamen Namen von Kabbalisten.

Zum ersten Male vielleicht erblickten diese tüchtigen Autoren ihre geheimnisvollen Lettern und Zeichen wieder, wie sie hier, beim flackernden Schein der Kerzen, ihr Gaukelspiel trieben, auf vergilbtem Blatt, dessen abgestoßene Ecken unterm Staube altersdunkel geworden waren. Ich wusste nicht mehr ein noch aus vor Überraschung, ehe ich mich durch diesen unendlich verzwickten Irrgarten einer toll gewordenen Wissenschaft durchgefunden hatte und begriff, was alles an Muße, Geduld und vor allem gutem Willen aufgebracht werden musste, umso viele verlorene Sprachen wieder aufzufinden, nicht zu vergessen zumal die der Engel, welche die allersicherste ist. Aber die Arbeit kann mich nicht abschrecken, wenn sie mir solch ernstlichen Spaß bereitet. Nach Ablauf von zwanzig Minuten, die genügen dürften, wenn man sie recht nutzt, alles zu wissen, was es Wissenswertes dabei gibt, war ich denn wirklich soweit: Ich deklamierte das Zauberpergament durch und – ich wage es zu sagen: fehlerlos und ohne Stocken von A bis Z! Mitternacht schlug es gerade, als ich damit fertig war, und der Teufel, dessen wesentliches Merkmal ja bekanntlich die Bockbeinigkeit ist – der Teufel kam nicht! Der Teufel zeigt sich höchst selten. Er erscheint nicht mal mehr in der Gestalt, die Ihnen allen bekannt ist – und doch soll man dem nicht allzu sehr trauen! Denn er hat Witz und Geist, noch weit verführerischere Züge anzunehmen, wenn er sicher ist, er kriege damit seinen Mann!

›Du musst schon zugeben‹, sagte ich zu mir selber, während ich in meine Polster zurücksank, ›du hast da ein ziemlich gewagtes Spiel getrieben und leichtsinnig und verwegen allerhand herausgefordert! Welch heillose Verwirrung hättest du angestiftet, wenn er dir nun wirklich erschienen wäre und dich gefragt hätte – mit hohler, schreckenerregender Stimme, wie er das zu tun pflegt: »Was verlangst du von mir?« Man ruft ihn nicht ungestraft! Seine Fragen heischen Antwort, und er kann zu einem fürchterlichen Gegenspieler werden, den man sich nicht so leicht wie einen ungeschickten Kläger damit vom Halse zu schaffen vermag, dass man ihn boshaft und listig abweisen lässt. Welche Gunst, welche Vorteile hättest du von seiner schwarzen Allmacht zu erlangen versuchen können – im Tausch gegen deine arme Seele, die du damit leichthin aufs Spiel setztest wie einen Einsatz, der dich wenig wert dünkte, in der Spielhölle der Verdammnis ...? Geld? Wozu? Die Karten sind dir in dieser Woche so günstig gewesen, dass der Preis deines Pferdes sich in deiner Börse verzehnfacht hat: Ein Louisdor mehr oder weniger fiele hier überhaupt nicht ins Gewicht! Du könntest ohne Weiteres gleich drei deiner Gläubiger abfinden, wenn du jetzt wolltest ...! – Wissen? Du verfügst über mehr – ohne dich rühmen zu wollen – als überhaupt für deine besonderen Zwecke nötig wäre! Die Biederleute, die gnädigst geruhen, ein klein bisschen Interesse an deinen künftigen Erfolgen zu nehmen, genieren sich nicht im geringsten, dir vorauszusagen: Deine Bücherweisheit werde über alles, was du je schreibst, wofern dir in der Tat etwas gelingen sollte, doch stets solch einen Firnisgeruch der Pedanterie ausbreiten, dass man dem Ganzen kaum rechten Geschmack abgewinnen könne! Macht und Ansehen? Gott bewahre unsereinen davor: Eine solche Stellung erlangt man allermeist nur um den Preis seiner Ruhe und seines Glückes! Oder vielleicht wenigstens die Gabe des Blickes in die Zukunft? Ein fataler Vorteil, den man bezahlen müsste mit dem Verlust allen süßen, stets so berauschenden Wahns der Hoffnung, der Ungewissheit, in der man sich so wonnig wiegen kann: Das Vage des Lebens, das macht doch erst seinen ganzen Charme aus! – Frauen und Abenteuer? Das hieße des Höllengeistes Gefälligkeit arg missbrauchen: Der arme Teufel hat sich nur zu sehr verausgabt, gerade in diesem Kapitel ... Und dennoch ...‹, fuhr ich halb träumend fort,›wenn er dir jetzt das hübsche Margueritchen herzauberte, so frisch und luftig, so blond und so rosig ... Teufel! *Das, ja, das ist freilich ein ander Paar Ärmel!* Wie Monsieur de Buffon zu scherzen beliebte ... Wenn Marguerite jetzt so hergeflogen käme, klopfenden Herzens, leicht erregt, mit etwas durcheinandergebrachter Frisur, eine Haarlocke aufgelöst auf dem Busen und den Busen fast entblößt vom verrutschten Fürtuch ... Wenn Marguerite plötzlich so die Treppe heraufeilte, mit herfliehendem Schritt, an der Tür klopfte, mit zager Hand, mit einer Bewegung, aus der die Furcht und zugleich der Wunsch spricht, gehört zu werden, drei kleine schüchtern verstohlene Schläge ... poch, poch, poch ...‹

Ich schlief, wie gesagt, schon halb und wiederholte, wie im Nebel, vor mich hin: ›... poch, poch, poch ...‹, und dämmerte immer tiefer ein.

Poch-poch-poch ... Dies da – o unbegreifliches Wunder!
– kam ja gar nicht mehr nur aus den nächtigen Tiefen
meines schlummerumwölkten Träumens. Zwar – einen
Moment lang wähnte ich es noch: Ich biss mir in die
Finger, bis Blut hervorquoll, um mich zu vergewissern,
dass ich wach war.

Poch-poch-poch ... »Da hat wer geklopft!« fuhr ich auf,
an allen Gliedern bebend. Meine Pendeluhr schlug eins.

Poch-poch-poch ... Ich richtete mich auf aus meinem
Sessel und stolperte einige Schritte vorwärts ins Unge-
wisse. Dann sammelte ich, noch etwas benommen, meine Sinne.

Poch-poch-poch ... Ich bewaffnete mich mit einer meiner Kerzen und schritt entschlossen bis zu meinem Balkon hin, stieß den Fensterladen auf ... O freudiger Schre-
cken! Ich meinte, mir schwänden fast die Sinne vor
Verwirrung: Noch nie wohl hatten die Augen eines Lie-
benden ein bezaubernderes Geschöpf der Natur erblickt.

Es war Marguerite! Gegen die Türscheibe gelehnt,
schöner, als ich sie je gesehen, schöner, tausendmal
schöner noch, als ich sie mir je hätte erträumen können:
Marguerite, klopfenden Herzens, erregt, etwas durchei-
nandergebracht in der Frisur, eine Haarlocke aufgelöst
vor dem Busen schaukelnd, der fast entblößt unter dem
verrutschten Fürtuch wogte ... Ich schlug mein Kreuzes-
zeichen, empfahl meine Seele Gott und – öffnete.

Wahrhaftig, sie war es! Das war ihre süße, samtweiche,
zarte Hand, ihre zitternde Hand, die ich da in der meinen hielt, ohne mich zu verbrennen. Sacht zog ich sie
herein und führte sie, die kein Wort herausbrachte, bis

zu meinem Lehnstuhl. Ich wartete nur auf ein Zeichen, einen Blick aus ihren Augen, ehe ich mir einen Faltstuhl aufklappte und mich einige Schritte von ihr niederließ. Sie hatte ihren Arm auf die Sessellehne gestützt und hielt ihren Kopf, auf die Hand gelegt, so, dass ich durch ihre feingliedrigen Finger ihre Stirn nicht mehr sah. Ich wartete, dass sie spräche. Sie sprach nicht; sie seufzte.

»Darf ich es wagen, die Frage an Sie zu richten, Mademoiselle«, so begann ich denn, »welch unbegreiflichem Glückszufall ich den Besuch verdanke, der mir so ganz ... ganz überraschend kommt?«

»Wie, mein Herr«, nahm sie lebhaft meine Frage auf, »mein Besuch käme Ihnen überraschend? War denn die ganze Sache nicht irgendwie vereinbart?«

»Vereinbart, liebwerteste Mademoiselle, vereinbart, natürlich, das wohl – obschon die Sache nicht so ganz klar abgesprochen war, wie es in dergleichen Fällen formell erforderlich ist, und deshalb durchaus nicht so sicher und rechtsgültig sein kann, wie Sie zu glauben scheinen! Es überkommen oft so sonderbare Gedanken und Gefühle den schwachen Geist, den eine verwegene Liebe in Versuchung führt ... Mit einem Wort: um Ihnen alles zu gestehen, ich war ganz und gar nicht gefasst auf solches Glück, das mich schier überwältigt ...«

Ich wusste nicht mehr, was ich sagte.

»Ich verstehe, Monsieur – dieser Schritt von mir, diese Lösung schreckt Sie ab in unserem Vorhaben! An Ihre glänzenden, aber leichten Vergnügungen gewöhnt, hatten Sie nie in Erwägung gezogen, welches Ausmaß an Opfer eine wahre Liebe ...«

»Halten Sie ein, Marguerite, und bringen Sie mein Herz nicht zum Äußersten ...! Das Ausmaß an Opfer einer wahren Liebe ... ich kenne es ... ich schmeichle mir, es zu kennen.« (Ich fand es allerdings doch ein bisschen stark, was ich da sagte.) »Aber, was noch geklärt werden muss: Warum ist er nicht mitgekommen? Warum hat er Sie nicht bis hierher begleitet? Es müsste mindestens, hier zwischen uns, erst noch ein Wortwechsel vorausgehen, die erste Vorbedingung, bevor es zu einer regelrechten gegenseitigen Verbindlichkeit kommen kann! Ich weiß nicht, ob Sie darüber im Bilde sind?«

»Er hat mich ja doch entführt und mich hier am Fuß Ihrer Treppe zurückgelassen! Und sowie der Morgen graut, will er kommen und mich mit fortnehmen!«

»Sie, mein liebwertes Kind, Sie mit fortnehmen? Aber glauben Sie mir wirklich, ich bitte Sie: Ich ging auf den Handel nur für meine Person ein, wenn man überhaupt von Handel reden kann! Das würde ich ihm glatt ins Gesicht sagen, wenn er da wäre!«

»Er hat sich nicht zu Ihnen heraufgewagt, weil er voraussah, was Sie ihm entgegenhalten würden.«

»Er sich nicht heraufgewagt, sagen Sie? Nicht möglich: für so schüchtern hätte ich ihn doch nicht gehalten!«

»Ich kann mir vorstellen, ihn schreckte es ab, Ihre Gefühle unnötig zu reizen, Ihre Feinfühligkeit in Grundsätzen ...!«

»Sehr angenehm, das zu hören! Ich fühle mich ihm sehr verpflichtet dafür und zu Gegendiensten bereit! Aber – wann kriege ich ihn endlich zu sehen?!«

»Bei Sonnenaufgang, in drei bis vier Stunden ...«

»Drei bis vier Stunden!«, sagte ich, indem sich das Herz mir weitete, und machte einen Schritt auf sie zu. »Drei, vier Stunden, Marguerite ...«

»Und bis dahin, Maxime«, nahm sie mit ihrer süßen Stimme meine Worte auf und beugte sich mir entgegen, »bis dahin – habe ich weder einen Beschützer noch ein Obdach außer bei Ihnen! Und alle Zugänge müssen offenbleiben, damit er mit seiner Eilkutsche bis hierher kann ...«

»Ah, die Zugänge müssen offenbleiben, damit er mit seiner Eilkutsche bis hierher kann!« wiederholte ich und rieb mir die Augen, wie einer, der plötzlich aus seiner Ruhe aufwacht.

»Er hätte Ihnen gern die ganze Unruhe erspart und Ihnen nicht diesen Liebesdienst zumuten wollen, den Sie uns beiden da so großherzig erweisen, wenn seine achtbare Frau Mutter nicht ganz plötzlich von einer Lungenentzündung dahingerafft worden wäre ...«

»Halt mal, Mademoiselle«, fuhr ich hoch und versetzte meinem Faltstuhl einen solchen Fußtritt, dass er bis in die entgegengesetzte Ecke meines Studierkabinetts zurückrutschte –, »seine Mutter tot, Lungenentzündung – aber von wem ist überhaupt hier die Rede?«

»Von Amandus, guter Maxime, von Amandus, der sich so verbunden fühlt mit Ihnen, den Sie so lieben! Da Sie natürlich noch nicht wissen können, was sich im Einzelnen alles zugetragen hat, sollen Sie es jetzt von mir erfahren: Also, heut' Abend, zur Stunde, wie wir es unter uns ausgemacht hatten, kam er, um mich zu entführen ... aus dem Hause meiner Tante ... weil sie sich immer noch unserer Liebe in den Weg stellt und ihm meine Hand verweigert. Sie werden mit uns einer Meinung sein: Das war das einzige Mittel ihr gegenüber, eine vernünftigere Entscheidung herbeizuführen! – Aber da sie grade eine große Abendgesellschaft hatte, waren Haus und Hof voller Gäste; es war ein Kommen und Gehen, und alle Welt, nicht zuletzt die Hausangestellten, hätte unsere Flucht erspähen können. So haben wir uns denn quer durch die Gärten herübergerettet. Und kaum hatte er Ihr erleuchtetes Fenster gesehen, da jubelte er auf: ›Siehst du, Marguerite, der brave, fleißige Maxime sitzt noch an seinen Studien! Maxime, mein Freund, mein Intimus, mein besseres Ich, Maxime, der das letzte meiner Geheimnisse kennt, wird – ich kenne sein Herz – höchstbeglückt sein, dir einen Unterschlupf bis zum Morgengrauen bei sich einzuräumen! Schlüpf hinauf und klopf ihn nur zuversichtlich heraus, Marguerite! Inzwischen will ich eilen und alles vorbereiten für unsere Abfahrt!‹ Mit diesen Worten lief er hinweg und ließ mich da. Ich kletterte hoch zu Ihrer Tür, pochte Sie in allen Ehren heraus ... und das Weitere wissen Sie ja nun selbst!«

»Ja, das weiß ich – nur zu gut! Aber, alles in allem genommen: So ist es mir doch noch lieber, die ganze Geschichte nimmt *den* Verlauf als einen andern ... Die Hauptsache: Sie können sich glücklich fühlen dabei! Sie haben also eine sehr, sehr entschiedene Neigung für Amandus? Für ihn doch, ist es nicht so?«

»Für wen denn? Dreimal erst haben wir, er und ich, uns gesprochen. Aber er schreibt mir immer mit solch zu Herzen gehender Wärme, solch überzeugender Zärtlichkeit ... er drückt jedes Mal mit solch leidenschaftlicher Überzeugungskraft die Gefühle aus, die er für mich empfindet, ach, Amandus, mein lieber Amandus!«

»Moment, bitte, Sie wollten sagen ... Von *seinen* Briefen sprachen Sie?« Und im selben Augenblick biss ich mich auch schon wieder auf die Zunge, denn ich wollte da eben offensichtlich eine riesige Dummheit aussprechen. Ich musste erst mal Ordnung in meine Gedanken bringen und nahm, wie der Held in einem Melodrama, meine Zuflucht zu einem geheimnisvollen Gespräch mit mir selbst: ›Nein, nein, mein Freund!‹, sagte ich zu meinem Dämon, ›du hast dich bei mir nicht an die schwache Seite der Liebe heranschleichen können! Und du wirst mich, das kann ich dir sagen, noch viel weniger bei der Eitelkeit zu fassen kriegen!‹ – »Sie finden also, Amandus schreibt gut!« murmelte ich mit wohlgezügelter Zunge und betonter Sorglosigkeit. – ›Wahrhaftig‹, grollte es leise in mir, ›sie ist so geistreich wie hübsch!‹

»Sie waren, scheint's, etwas abgelenkt durch einen anderen Gedanken, Maxime, und das war es wohl eigentlich nicht, was Sie mir antworten wollten!«

»Ihre Beobachtung ist richtig, Mademoiselle. Ich tat, was Sie wohl besser hätten tun sollen – gestatten Sie, dass ich Ihnen dies sage –, bevor Sie einen so gewagten Entschluss fassten!«

»Und das wäre?«

»Ich überlegte! Amandus muss wirklich den Kopf verloren haben, das kann man sagen, als er auf die Idee kam, Sie, meine schöne und folgsame Marguerite, in Ihrer Unschuld gleich für eine ganze Nacht einem wie mir auf die Bude zu schicken, einem unberechenbaren Gefühlsmenschen und Tollkopf meines Schlags, einem Mann ohne Treu und Glauben, einem, der vor einer halben Stunde beinahe einen Pakt mit dem Teufel geschlossen hätte – mit einem Wort: einem schlimmen Subjekt!«

»Sie finden, in Ihrer Ironie, vielleicht zu strenge Worte für die zwei, drei leichtsinnigen Abenteuer eines jungen Mannes Ihrer Art, die den Charakter doch nicht so schwer gefährden könnten, dass Sie auch nur das Geringste eingebüßt hätten an der Wertschätzung, die Sie bei ehrsamen und anständigen Leuten genießen ... Amandus, der sich übrigens wohl sicher einige Fehler gleicher Art vorzuwerfen hat, rechtfertigt sich in diesem Punkt mit einer solch schönen Beredsamkeit in seinen Briefen, dass selbst meine Tante angenehm davon berührt ist, und gerade sie, wo sie sonst so unantastbar ist in ihren moralischen Grundsätzen! – Maxime, Sie ein schlimmes Subjekt, oh, so sehen Sie wirklich nicht aus!«

»Ich danke Ihnen, liebwerteste Mademoiselle, für die gute Meinung, die Sie so huldvoll über mich haben! – Immerhin könnte diese lange, geheimnisvolle Unterhaltung höchst verfänglich – sagen wir es offen – für die Tugendsamkeit werden, die Sie in so reizender Weise bei mir voraussetzen ... Mindestens aber könnte dabei Ihre Unschuld in ein verdächtiges Licht geraten vor jenen elenden Klatschmäulern, die ein weit weniger günstiges Urteil über meine Jünglingseigenschaften bekunden ... Und ich zittere für Sie, schon, wenn ich daran denke! Gestatten Sie mir denn, um Ihres guten Rufes willen, wie auch aus Mitgefühl für den Rest, den ich selbst noch zu verlieren habe, dass ich Ihnen eine andere Zuflucht suche; wo Sie sich bis zum Morgengrauen verborgen halten könnten! Augenblicks werde ich wieder zu Ihrer Verfügung stehen. Ich überlasse es Ihnen völlig, inzwischen nach Ihrem Gutdünken zu handeln. Ich bitte Sie lediglich, sich nicht allein von hier wieder zu entfernen noch überhaupt jemandem aufzutun!«

Ich wartete nur noch auf ihr Einverständnis, bekam es und tat, was mir selbst das Beste dünkte: Sicherheitshalber, *ne varietur*, schloss ich die Tür draußen doppelt zu.

Mein Entschluss war gefasst; denn jung, wie ich war, hatte ich wieder einmal einen meiner munteren, sprunghaften Einfälle. Wie ich eben gehört hatte, war Abendgesellschaft bei der Frau Tante von Marguerite; und solche Abendgesellschaften in der Provinz sind, in jeder Hinsicht, von einer geradezu maßlosen Länge und Dauer. Als ich anlangte, rollten gerade die letzten Equipagen ab. Ich lockerer Vogel schlüpfte behänd noch eben so zwischen zwei Lakaien durch, die beim Schließen der Tür waren.

»Wo will der Herr hin?«

»Zu Madame!«

»Alles ist schon fort.«

»Da komme ich ja gerade recht!«

»Aber Madame geht zu Bett ...«

»Ganz egal!«

Auf diese meine energische und dringliche Antwort gab es kein Sperren mehr. Zehn Sekunden später stand ich schon im Schlafgemach von Madame, in das ich noch nie – weder zu so später noch, wenn man will, so früher

Stunde – meinen Fuß gesetzt hatte, obschon ich manchmal in Gedanken nahe daran war.

Das Geräusch, das ich machte, ließ sie herumfahren, gerade in dem Augenblick, als sie dabei war – der Himmel verzeih mir! –, die vorletzte ihrer Busenspangen aufzuhaken.

»Hach! Unglaublich ...!«, schrie sie auf. »Sie, mein Herr, hier bei mir! Zu dieser Stunde!! In meinem Schlafzimmer!!! Ohne angemeldet zu sein, ohne Rücksicht auf den allermindesten Anstand einer Dame gegenüber ...!«

»Ganz wie Sie sagen, Madame. Ich kenne keine Grenzen mehr, wenn mich mein Herz treibt ...!«

»Wie, Monsieur, wollen Sie mir wieder einmal mit Ihren glutvollen Huldigungen von damals kommen? Halten Sie an sich, bitte gefälligst, und zumal in diesem Augenblick, mit solchem Ausbruch Ihrer Gefühle, die so stürmisch daherkommen und so rasch wieder dahin sind – und sparen Sie sie auf für einen schicklicheren Moment!«

»Madame! Es wäre schwierig, einen schicklicheren zu wählen, wenn ich Ihnen jetzt über das etwas zu sagen hätte, was mich, wie Sie meinen, zu Ihnen hertreibt! Aber diesmal sind es wirklich noch sehr viel ernstere Motive dazu, und zwar solche, die keinerlei Aufschub leiden – beim Himmel!« setzte ich lebhaft hinzu und ergriff ihre Hand: »Clarice, bitte, so hören Sie mich doch schon an!«

»Sie mit Ihren ernsthafteren Motiven! Was wird es sein: irgendsolche Verzweiflungstat wieder, deren Sie nur allzu fähig sind! Sie bringen mich einer Ohnmacht nahe,

Monsieur, Sie flößen mir eine entsetzliche Furcht ein! Ich kenne Ihre Gefühle, die mit Ihnen durchgehen! Ich habe Gewaltsamkeiten zu fürchten! Mein Herr, ich werde läuten!«

»Hüten Sie sich wohl, Madame!« redete ich auf sie ein, wobei ich mich ihrer noch freien anderen Hand bemächtigte und meine Partnerin ziemlich energisch auf ihr Kanapee niederzwang. »Das muss unter uns bleiben, Madame, darüber muss Schweigen walten, tiefstes Stillschweigen! Unser Geheimnis, das kein fremdes Ohr noch Auge angeht! Ich beschwöre Sie auf meinen Knien: Hören Sie mich an, nur einen einzigen Augenblick! Wir haben keine Zeit mehr zu verlieren!«

»Ach, ich Unglückselige, ich ...!«, schluchzte sie mit verlöschender Stimme. »Dass ich meine Helferinnen weggeschickt habe ...!«

»Die sind hier völlig überflüssig, ich sage es Ihnen noch einmal! Und wenn sie hier wären, müssten sie hinaus, jawohl, das verlangte ich! Der geringste Lärm noch – und Sie sind verloren!«

»Aber das ist ja der gemeinste Überfall aus dem Hinterhalt, eine Gewalttat ohnegleichen, das unvorstellbarste Verbrechen: Ungeheuer, was verlangen Sie noch von mir!«

»Gar nichts weiter! Und wenn Sie mich endlich anhören wollen, werden Sie schon gleich erfahren, worum es geht. Tun Sie mir den Gefallen, Gnädigste, und sagen Sie mir das eine: Wo ist Marguerite?«

»Marguerite? Meine Nichte? Aber – welch befremdliche Frage! Was hat Marguerite hier mit alldem zu tun, mit diesem äußerst gewagten Spiel, das Sie sich mit mir erlauben? Marguerite zieht sich, wie sich's gehört, zu gegebener Stunde auf ihr Zimmer zurück, wie immer, zumal wenn ich Gesellschaft bei mir habe. Das versteht sich: bei den wohlbedachten Praktiken einer so liebevollen, aber immerhin auch streng geregelten Erziehung, wie ich sie ihr angedeihen lasse. Marguerite ist auf ihrer Kammer, Marguerite ist in ihrem Bett, Marguerite schläft: Ich bin mir dessen so sicher wie – dass ich hier selber mit Ihnen allein bin!«

»Bei Gott ist kein Ding unmöglich ... Es könnte immerhin doch möglich sein ... es passieren so viele Sachen, die man sich einfach nicht erklären kann und die gleichwohl nicht zu leugnen sind – aber diesmal wäre es wirklich komisch! Na, lassen Sie uns einmal sehen; das ist da wohl, wenn ich mich nicht irre, die Tür zu ihrem Zimmer. Es dürfte Ihnen ein leichtes sein, sich davon zu überzeugen, dass sie nicht aus ihrem Zimmer verschwunden ist – falls sie nicht doch wirklich weg ist ... Auf jeden Fall würden wir dann beide miteinander eines betrüblichen Zweifels enthoben sein, der immerhin mehr das Verantwortungsgefühl einer Tante beschäftigen sollte als das eines Nachbarn ...«

»Maxime! Dies Kind vielleicht gar erst wach machen – wach machen, jetzt, in dem Augenblick ausgerechnet, wo ein Mann in meinem Schlafzimmer ist!«

»Oh, Sie werden sie nicht erst wach zu machen brauchen!« bedeutete ich ihr vielsagend, während ich mich versicherte, dass mein Zimmerschlüssel noch immer in meiner Tasche zu fühlen war. »Ich stehe Ihnen dafür: Sie ist verflixt munter, ja, wohl muntrer denn je! Und wenn

Sie sie jetzt wirklich noch schlafend in ihrem Bett finden sollten, weiß der Deibel, dann bringt er wahrhaftig heutzutage mehr zuwege als zu den Zeiten des tüchtigen Dom Calmet!«

Sie ergriff ihren Leuchter, machte einige Schritte in das Zimmer hinüber und stürzte wieder heraus, um – der Ohnmacht nahe – gerade noch auf ihr Kanapee zu sinken.

Ich, der ich auf dies Ereignis gefasst war, hatte mich inzwischen bereits an ihrem Frisiertisch mit einem Riechfläschchen bewaffnet. Ich hakte die noch sperrige letzte Busenspange auf, fuhr mit leichtem Nachdruck über die zehn molligen Finger hin, die sich unter den meinen wie Halt suchend krümmten, und hauchte mit aller Zurückhaltung, deren ich in diesem Augenblick fähig war, einen noch leichteren Kuss auf ihre Fingerspitzen. Es lag mir entschieden daran, einen Nervenanfall bei ihr zu vermeiden, denn ein solcher Nervenanfall pflegt sich bedenklich in die Länge zu ziehen.

»Schönste, verehrenswerteste Clarice!« (Zum Teufel noch mal, woher fliegen einem gerade jetzt solche Dinge durch den Sinn ...) »Wir haben wirklich keine Zeit, uns hier länger in solch nutzlose Gemütserregungen zu verlieren! Die Umstände fordern die rascheste, feste Entschließung!«

»Ach, ich weiß nur zu wohl ... Aber an wen sich halten, Maxime, wenn nicht an Sie, den Mitwisser, ja, vielleicht gar Hauptschuldigen an diesem Attentat, oh, Sie ...!«

»Bei meiner Ehre: Ich? Nein!« seufzte ich.

»Maxime! Sie wissen, wo sie ist, Sie wissen es, mein Freund! Sie können es nicht ableugnen! Heraus mit ihr, Sie ...!«

»Madame, bei meiner Kavaliersehre, das steht mir nicht an! Sie hat sich mir anvertraut, ich hüte ihr Geheimnis in meinem Herzen, und nie wird ein Wort davon über meine Lippen kommen! Wenn ich anders täte, dann könnten Sie mich erst zu Recht einen Schuft nennen! Das einzige, was ich Ihnen verraten kann: sie ist wirklich unter der Obhut eines Mannes von Ehre, der sie in Ihre Hände, teuerste Freundin, erst zurückführen wird, wenn Sie – wie es Ihre Tantenpflicht sein sollte, edelmütigste Clarice – darein einwilligen, dass sie ihre Hand in die eines Lebensgefährten legt, der ihr vom Schicksal bestimmt ist! Gestern lag das noch in Ihrem Belieben, Madame. Heute, ohne Frage, ist es unumgänglich notwendig, wie Sie wohl einsehen wollen! Voilà, das war's, was ich Ihnen zu sagen hatte!«

»Hach, was hör' ich da von einem ›Lebensgefährten‹?! Sagen Sie lieber: Verführer! Das kann nur Amandus gewesen sein, der Liederjan, der unberechenbare Wüstling, der ...! Ein schönes Ehebündnis, wahrhaftig!«

»Eine Ehe kommt nicht immer so zustande, wie man will, Madame, besonders wenn eine Entführung dabei im Spiel ist! Ja, und was die anbelangt, muss man doch wohl sagen: Ein wirklich elender Schuft wäre eigentlich nur der Kerl, der lediglich auf eine dicke Mitgift spekuliert und sich im Übrigen leicht hinwegsetzt über alle sonstigen Bedenken – so einer wäre tausendmal schlimmer als solch unberechenbarer Luftikus! Unser Amandus, gebe ich zu, ist nicht gerade in allen Stücken das, was man eine sehr vorbildliche Persönlichkeit nennen könnte. Aber – eine edle Liebe wird ihn schon noch bessern und auf den rechten Weg bringen! Mein eigenes Herz hat noch nie so wie gerade in diesen Stunden die Leichtigkeit solcher Metamorphose begriffen ... Ich weiß übrigens aus zuverlässiger Quelle – denn er selbst hat es mir gesagt –, dass ihm, beim Zustandekommen des Heiratskontraktes, das gesamte Vermögen seines Onkels in Aussicht gestellt ist. Die Domäne ist nicht überaus einträglich, aber sie bietet dafür ein schönes Gelände für die Jagd. – Und was die Mitgift unserer kleinen, liebreizenden Minderjährigen anbelangt, so wird es ein leichtes sein, sie gegen etwaige Anwandlungen von Verschwendungsliebe eines gern mal über die Stränge hauenden Herrn Ehegatten zu sichern. Ich werde mir eine angenehme Pflicht daraus machen, Ihnen die mancherlei entsprechenden Vorbeugungsmaßnahmen und Tips dafür anzugeben, sowie ich meine umfangreichen Studien im Cujacius abgeschlossen habe, und das wird nicht lange mehr dauern: ich verbringe meine Tage und Nächte damit, vor wenigen Minuten noch oblag ich dieser alle meine Sinne in Bann haltenden Aufgabe! In jeder anderen Beziehung dürfte dieses Ehebündnis als so zuträglich und zweckmäßig anzusehen sein, wie man sich nur wünschen kann. Und selbst die Fehler, die unser Amandus aufzuweisen hat, nun ja, die können doch keinesfalls die Eigenschaften in ihm verdunkeln, die ihn wirklich zu einem ehrenhaften, brillanten Burschen machen: Er ist frank und frei und geht offen aufs Ganze, er hat zugleich eine so nette und eine so einnehmende Art ...!«

»Ja, und er schreibt einen so wundervollen Stil! Jeder Brief wie gedrechselt! Wie meisterlich jede Phrase! Wenn man gerecht sein soll: Das muss man ihm schon lassen!«

»Wie, Liebwerteste, Sie geruhen zu meinen ... das ist natürlich nur ein Ausdruck Ihrer Nachsicht!«

»Was denn: Sollten Sie etwa nicht dieser Meinung sein? Maxime, ich habe den Eindruck, aus Ihnen spricht doch etwas der Neid!«

»Ganz im Gegenteil, Gnädigste, ich beuge mich blindlings Ihrem Geschmack!« fing ich mich ab und setzte hinzu: »Ich wünschte lediglich – Sie fänden, in der Folge, seinen Stil nicht vielleicht doch ... ein bisschen sehr ungleichartig! Aber dieser Stil tut hier weiter nichts zur Sache, wenn ich einmal etwas darüber sagen kann, was ich unter guten Gepflogenheiten in der Eheführung verstehe: Hier dreht es sich um andere Maßregeln und gesellschaftliche Verbindlichkeiten als die Verbindlichkeiten und Regeln schönrednerischer Art. Zehn Minuten der Überlegung – viel mehr Zeit dürfte Ihnen die Dringlichkeit der Dinge kaum noch lassen –, und Sie werden selbst klarkommen über die Mittel, die zu ergreifen sind, um von Ihrem Hause den Skandal abzuwenden, der ihm droht. An den Umständen selbst ändert all das zunächst überhaupt nicht das Mindeste. Marguerite, wie Sie sehen, entwickelte sich selbstständig: Sie ist sehr weit, wirklich äußerst weit für ihr Alter! Früher oder später hätten Sie sich ja denn doch entschließen müssen, sie einem Manne zu geben, selbst wenn Sie sähen, dass sie Mädchen genug sei, sich allein einen zu suchen. Oh, das liebreizende Kind, welch Glück, dass sie sich gleich in solch Leichtfuß verliebt hat, den sein Lebenswandel von

47

vornherein zu allen Zugeständnissen bereit macht – statt sich einem Geldmann an den Hals zu werfen oder gar einem Mann der strengen Rechtmäßigkeit! Mit dem Sakrament der Ehe wäre durch dieselbe Tür bei Ihnen gleich das Prozessieren in Person eingezogen, wenn Ihr reizendes Mündel das Pech gehabt hätte, sich für einen Advokaten zu begeistern ... Ich meine, gesetzt den Fall, dass ...! Aber mit Amandus: keinerlei Schwierigkeiten zu befürchten! Der ist so großzügig in Geldangelegenheiten, der würdige Amandus, dass er Tage hat, wo er seine ganzen Erb- und Rechtsansprüche glatt hingeben würde für eine Rolle schäbiger gekippter Louisdore. Er ist wirklich immer noch der Mann danach, der imstande wäre, dem Notar die Kosten zu vergüten und dem Ersten Kanzlisten eine fürstliche Gratifikation in die Hand zu drücken. Mit einem Wort: ein Charakter – wie Gold! Auf der anderen Seite: die Kleine! Sie ist allbereits zur jungen Dame geworden! Ihre blühende Mädchenschönheit, die schon so großes Aufsehen auf sich zu ziehen weiß, würde sich schließlich ganz offen und selbstbewusst herausnehmen, mit Ihrer reifen Frauenschönheit zu rivalisieren. Und schon kann man die Gecken von einer Loge zur anderen sich vernehmlich zuflüstern hören: ›Diese imposante Erscheinung da hat sich wohl in recht jungen Jahren schon ...!‹ Clarice, Sie könnten für die Mutter gehalten werden!«

»Maxime, Sie Abscheulicher! Ich war noch kaum erst im Pensionat, da kam sie bereits auf die Welt!«

»Madame, wem sagen Sie das –! Und schließlich: Das Ereignis sagt doch alles! Und ich weiß ihm Dank, dass es all Ihren Unentschlossenheiten ein Ende setzt!«

»Sie haben gut reden! Das Ereignis, hach, das Ereignis ...! Es käme überhaupt nicht unter die Leute, wenn sie sofort zurückkommt! Und dabei rechne ich natürlich auch auf Ihre Verschwiegenheit!«

»Meine Verschwiegenheit, Madame, hält jedwede Probe aus! – Aber Marguerite wird nicht zurückkommen, und das Ereignis wird morgen in aller Leute Munde sein ... Doch gesetzt den Fall, Marguerite fände wirklich noch zurück und das Ereignis hätte sich zufällig bis morgen Abend nicht herumgesprochen, so wird es höchstwahrscheinlich stadtbekannt werden müssen binnen ... Ja, bitte sehen Sie ...« Damit machte ich eine vielsagende Bewegung, als zählte ich das Weitere mit den Fingern ab, denn hier galt es nur noch, meine Hörerin mit einem Trick herumzubekommen, dem verfänglichen Schlussargument der Überredungskunst, als wirkungsvoll von allen Rhetoren empfohlen ... Darauf neigte ich mich dicht über ihr Ohr und flüsterte ihr zwei, drei Worte hinein ...

»Entsetzliche Vorstellung!«, schrie sie auf und ließ sich wie ohnmächtig auf ihr Kissen zurücksinken.

»Da ich mir nun einmal die Freiheit genommen habe, es Ihnen zu verraten: ja, die Welt schreitet erschreckend vorwärts!«

»Mein Herr!« kam sie wieder zu sich und richtete sich mit Würde auf. »Sie wissen, wo Marguerite untergeschlupft ist. Gehen Sie und holen Sie sie mir sofort wieder her! Und sagen Sie ihr, bei meiner Ehre: Binnen vierzehn Tagen soll sie ihm angetraut sein als Frau, diesem

Amandus, von mir aus, weil sie es so will! – Nun und ...
Sie zögern noch?!«

»Bei Ihrer Ehre! – Madame, könnte man denn dabei
nicht auch auf sein eigenes Glück ein bisschen mitbe-
dacht sein, so gut wie auf das der beiden anderen ...?!«

»Gehen Sie, Maxime, gehen Sie schon, küssen Sie mir
noch die Hand, rasch, und bringen Sie mir erst meine
Nichte wieder ins Haus! – Nein, was muss ich sehen! So
mir nichts, dir nichts fortstürzen wollen Sie von mir, ohne mir vorher noch meine Busennadel wieder festge-
steckt zu haben? Sie würde mich ja in einem schönen
Zustand erblicken!«

Es bedurfte bei Marguerite erst eines neuen Plädoyers
von meiner Seite, bis ich sie gänzlich von der Ehrlichkeit
der Versprechungen überzeugt hatte, die ich ihrer Tante
eben für sie abgerungen hatte. So konnte ich sie ihr denn
wieder ins Haus führen. Madame Clarice hatte ihre sit-
tenstrenge Haltung wieder angenommen, zeigte jedoch
im übrigen einiges Verständnis für die Sachlage. Die
Kleine ließ es ihrerseits nicht an damenhafter Achtung,
aber nicht minder an Entschlossenheit gegenüber der Äl-
teren fehlen. Die Auseinandersetzung vollzog sich zwischen den beiden Parteien in aller Form. Zu guter Letzt
umhalste mich auch noch das reizende Kind. Mir wäre
es lieber gewesen, sie hätte es doch nicht getan ...

»Es hätte recht große Schwierigkeiten noch geben können ... Sie haben Sie nun so rasch und in angenehmster
Weise für uns beigelegt!« scherzte Tante Clarice und
nahm mich mit sich hinaus. »Sie sind ein Mann, dem es
wunderbar gelingt, Familienzwiste zu einem glücklichen

Ende zu führen ... Ich hoffe, wir sehen uns wieder zur Hochzeit?!« »Sehr gern, liebwerteste Freundin, und wir können dort unsere Unterhaltung von heute Nacht wieder aufnehmen, und zwar mit dem Thema, von dem wir ausgegangen sind ...!«

»Wenn Sie wollen! Aber Sie würden auch nichts verlieren, wenn Sie es da wieder aufnähmen, wo wir stehen geblieben waren!«

Das war höchst schmeichelhaft: Allein – solch köstliche Zwiegespräche können doch viel von ihrem Reiz verlieren, wenn aus dem Spiel Ernst wird ...

›Ich muss schon sagen‹, setzte ich mein Selbstgespräch fort, während ich meinem Pavillon wieder zustrebte, ›das waren, wahrhaftig, intelligente Leistungen und heroische Taten, die ich da innerhalb weniger Stunden vollbracht habe! Sie stehen kaum viel zurück hinter den Wunderwerken eines Herkules: Zunächst mal habe ich dieses Zauberbuch da durchdeklamiert, ohne mir ein einziges Wort, ja auch nur eines seiner Schriftzeichen zu schenken, keinen Spiritus habe ich übergangen noch eine von den Sephiroth! Zum andern habe ich, wider alle Vernunfterwartung, ein junges Mädchen mit ihrem Liebhaber verkuppelt: eine junge Dame, in die ich selber leidenschaftlich verliebt und die mir ihrerseits, wie es scheint, nicht übel gewogen war, denn sie erwies mir die Huld und kam ohne Umstände in mein Schlafgemach, um dort eine Nacht zu verbringen! Die dritte Leistung, die ich fertigbrachte: Ich habe einer Frau von fünfundvierzig Jahren den Hof gemacht, wenn das reicht ...! Und zu guter Letzt habe ich mich dem Teufel selber übergeben, und allein daraus erklärt sich denn wohl hinreichend, wie ich es überhaupt geschafft habe, so viele Wundertaten zuwege zu bringen ...!‹– Dieser letzte Gedanke verhedderte mir dermaßen meinen Geist – just in dem Moment, wo ich meinen Studierzimmerschlüssel im Türschloss vollends zurückdrehte –, dass ich kaum die Kraft hatte, mehr als zwei Schritte über meinen Zimmerteppich zu machen ... Gerade noch konnte ich hinter der Tür meinen Klappstuhl wiederfinden, den ich mit einem so brutalen Fußtritt vorhin in die Ecke befördert hatte, als ich jenen unerwarteten Vertrauensbeweis aus dem Munde meiner Besucherin vernehmen musste. Und auf ihn hockte ich mich nun wieder nieder, mit übereinandergeschlagenen Beinen, gekreuzten Händen, einem Kopf, der mir unter dem Gewicht trostloser Meditation bis zur Brust herunterhing, und seufzte von Zeit zu Zeit auf wie eine arme Seele in Höllenpein, die ihr letztes Urteil erwartet.

Meine vom nächtlichen Wachen und Nachdenken übermüdeten Augenlider hoben sich nur langsam. Zwei von meinen drei Kerzen waren verloschen; die dritte blakte nur noch, nah dem Ersterben, und warf dahin und dorthin ihre leichenfahlen, zuckenden Strahlen, die alle Gegenstände in ein geisterhaftes, unheimliches Wechselspiel von Licht und Schatten tauchten, voll gespenstischer Bewegungen ... Mit einem Male spürte ich, wie sich mir die Maare auf dem Kopf sträubten und mein Blut mir vor Schreck in den Adern gerann: In meinem Lehnstuhl saß eine Gestalt – kein Zweifel war möglich – gleich dem Geist Banquos in der Tragödie des Macbeth! Mein erster Gedanke war: Losstürzen auf die Erscheinung, koste es, was es wolle! Aber mein Wille war machtlos; wie festgekettet von der Furcht waren meine Glieder und versagten ihren Dienst. Mit meinen fahrigen Blicken nur konnte ich mich herantasten an dies Gespenst, das da so bleiern fahl und klapperdürr den Platz meiner blühenden Marguerite eingenommen hatte, wie um mich mit einem scheußlichen Zerrbild der sündigen Illusionen, die ich mir gemacht hatte, zu bestrafen. – Das musste allem Augenschein nach das leibhafte Gespenst von einem Weibe sein, den langen Zottelfransen des schwarzen Kopfputzes nach zu urteilen, unter dem sich, kaum zu erkennen, ich weiß nicht, was Schauderliches abzeichnete, das ungefähr wie ein Gesicht aussehen mochte. Von der Körperstelle, wo man bei einem wohlgebauten menschlichen Geschöpf etwa die Schultern gesucht hätte, hingen auf die beiden Seitenlehnen des Sessels zwei winzige, formlose Armgebilde herab, die sich hüben und drüben festkrallten wie mit fahlen Klauen. Der spiegelnde Glanz des Maroquinpolsters erhöhte noch ihre gespenstische Leichenblässe. Das ganze übrige Drum und Dran, in dem sich diese unheimliche Larve präsentierte, ähnelte stark dem schlichten Nachtkostüm

›von einer Schönheit, die man ihrem Schlaf entriss ...‹

»Schütze mich der Himmel!«, schrie ich auf und reckte meine Hände zur Decke empor. »Alle guten Geister, wollt ihr mich in dieser entsetzlichen Not wirklich gänzlich im Stiche lassen? Solltet ihr wahrhaftig so erbarmungslos sein und euch nicht bemühen wollen um mich unglücklichen Maxime, der, ohne es zu wissen noch auch nur ernsthaft zu wünschen, großer Gott, den Teufel selber in das Haus seiner Väter zitiert hat?!«

»Siehst du, mein Junge! Genau das hab' ich kommen sehn!« krächzte mir das Gespenst mit schriller Stimme entgegen, indem es hochfuhr und wie vom Blitz niedergeschmettert auf sein Sitzpolster wieder zurückfiel. »Der Himmel erbarm' sich über uns alle!«

»Wie? Was? Dine! Ja – Ihr seid's? Ist so etwas möglich ...?! Durch welch Wunder seid Ihr hier hereingelangt, zu dieser Stunde?!«

Dine, deren Namen ich hier nannte, ohne sie Ihnen, wie sich's gebührt, vorgestellt zu haben, unsere alte gute Dine war (ein halbes Jahrhundert vor unserer Geschichte nun freilich schon) die Amme meiner Mutter; und solange meine mütterliche Liebe lebte, war sie ihr nie von der Seite gewichen. Auch nach meiner Mutter Tode war die Alte der Familie treu geblieben, als Wirtschafterin und absolute Beherrscherin des ganzen Hauswesens. Ich hatte Dine seit jeher in mein Herz geschlossen.

»Ich bin nicht durch irgendsoeins von Euern Wundern hier herein gelangt!« nahm Dine brummelnd das Wort. »Sondern ganz einfach mit meinem Doppelschlüssel, der mir dazu dient, über das Hauswesen hier zu wachen und bei Monsieur nach dem Rechten zu gucken und reine zu machen – wenn er nicht da ist!«

»Das ist ja ganz lieb und nett, meine Gute, aber man pflegt doch kaum sich bereits um zwei Uhr in der Frühe mit Reinemachen zu beschäftigen! Und ich möchte mir die Bemerkung erlauben«, setzte ich lächelnd hinzu, denn diese Lösung hatte mich wieder etwas selbstsicherer gemacht, »bei Euerm noch so frischen Gesichtchen und munteren Mienenspiel, meine Freundin, da habt Ihr einen recht bedeutsamen Augenblick gewählt, so hereinzuschlüpfen zu einem jungen Mann, der als Draufgänger bekannt ist!«

»Ja, das musste ich doch wohl, mein schlimmer Spaßvogel, wo Ihr mich dermaßen um die Ruhe gebracht habt, die ganze Nacht! Und wie Ihr mich wach gemacht habt mit Euren Beschwörungen! Heilige Jungfrau, das war ja zum Zittern! Ein Gemurmel, dass man es bis zu mir hinüber hören konnte, von Anrufungen, von diabolischen Namen, mehr als es Heilige in den Litaneien gibt! Und die Irrlichter, die fortwährend da im Garten nur so umherhuschten, und all die schwarzen und weißen Gestalten dazu, grad' wie aus den nächtlichen Wolken kamen sie herangeflattert: die schwarzen Geister, im Nu wieder weg, weiß Gott in welcher Richtung ... und dann die weißen Geister, die sich da an Euren Fenstern zu schaffen machten, als wollten sie frische Luft schnappen, dabei so sonderbare Romanzen trällernd wie in der Komödie. Und schließlich der schrecklichste aller bösen Geister, die ich sehen musste: wie er unter meinen Augen mit Euch davonstob, als zöge Euch der Teufel selber in seine Vorhölle, aus der höchstwahrscheinlich nur meine Gebete Euch wieder errettet haben! Maxime, was habt Ihr da bloß angestiftet!«

»Das ganze Wunder, meine arme gute Dine, das will ich Euch gleich erklären! Und kein Dom Calmet würde Euch urwüchsiger und überzeugender von solch infernalischem, abenteuerlichem Gaukelspiel berichten können, wie ich eben erlebt habe ... Da Ihr nun mal hier und recht munter dazu seid, so müsst Ihr hören, was ich zu erzählen habe, denn Ihr seid ja eine Frau, die über Mutterwitz, Urteilskraft und Erfahrung verfügt! Und Ihr seid die Einzige, die mich von meinen Skrupeln befreien könnte! Also: Wofern Euch nicht schläfert, hört mir geneigten Ohrs bis zum Ende zu!«

Damit fing ich an, ihr das alles getreulich zu erzählen, was ich Ihnen soeben auf diesen Blättern ausgebreitet habe (wobei ich wohl zu Recht annehmen darf, Sie sind nicht so wissbegierig, es noch einmal mit anhören zu wollen). Wie gesagt, ich erzählte ihr die ganze Geschichte, und zwar mit derart eindringlicher Zerknirschung und einem so frei und offen vorgetragenen Ton der Beunruhigung, die ich über die Konsequenzen meiner tollen Tat empfand, dass, glaube ich, selbst der Teufel davon gerührt gewesen wäre, wenn er mich gehört hätte.

Als ich zu Ende mit allem war, wartete ich bang auf das Schlusswort aus dem Munde der guten Dine – wie auf das letztgültige Urteil von höchster Instanz. Sie zögerte so lange damit, dass ich schon fürchtete, meine einzige Zuhörerin sei eingeschlafen, während ich erzählte. Das hätte immerhin passieren können!

Schließlich aber kam doch Bewegung in sie. Feierlich hob sie sich ihre Brillengläser von der Nase, die sie vor Beginn meiner Erzählung darauf platziert hatte, um – beim Schein der ebenfalls von ihrer Hand neu angesteckten Kerzen – meinem Mienenspiel besser folgen zu können. Sie rieb erst das eine und dann das andere der beiden Gläser an ihrem Ärmel ab, schob darauf das ganze Sehgestell in sein Etui zurück und verstaute alles wieder in ihre Tasche (die würdigen Haushälterinnen, die sich auf Umsicht, Genauigkeit und Ordnungsliebe etwas zugutetun, trennen sich bekanntlich nie von ihren Taschen). Sodann erhob sie sich und bewegte sich mit gemessenem Schritt geradeswegs auf meinen Klappstuhl zu, auf dem ich noch immer hockte.

»Auf, zu Bett mit dir, Nachtschwärmer!«, sagte sie nur und gab mir mit ihrem Handrücken einen leichten Klaps auf beide Backen. »Geh schon, Maxime, und schlafe ruhig, mein Junge! – Nein, für diesmal bist du noch nicht verdammt: aber – das ist nicht die Schuld des Teufels, wahrhaftig!«